我已經在日照不足的地方
很久了
我活著不長大

我生來沒有顏色
生來難以管教

我的美術系少年

馬尼尼為

不用再幫我算命了。
我口袋有洞。注定窮。
我有貓，注定好命。

MA 2020

目錄

地面上的人看起來都像孩子。我在機上像個老人。

輯
一

我平常就是一個女工

　　我要表達的是寫作的生命力。是被流掉的經血。當月亮再出來。當上面亮了一個圓。馬路變得比較不那麼硬。故鄉身上一層一層的油粽籽已經乾硬。我輕輕挪開上面早已凋萎的蕨葉。補上了那個窗戶。我安坐在那本書裡。只要不跌出去。

　　我別過臉去時一半的臉就變成了貓的臉。一半的胃就伸出小手在抓我。我又要被抓住了。我病了一場後在好好地掃地拖地。心像拖把那樣一次又一次脫水。我平常就是一個女工。跟她們沒有兩樣。我後來把自己振作起來的方式反而是洗衣作飯。把家裡整理乾淨。那裡有一包小小的垃圾。一條小小的橡皮筋。天氣好得兩隻醜貓都自己跑出去曬了。我跟房子吵得太多了。現在不吵了。我卡在房子裡活著。人人都是這樣。在房子裡住。在床上睡。有一天被抓去。

用兩千字洗一隻狗。用兩千字摸一隻貓。都嫌少的。我一生的字都要寫那隻貓。寫貓寫狗。真好命。還可以寫作畫畫。翻開一頁又是新的開始。舊的也不浪費。就拿去回收。生活有很多假象。把假的寫成真的。把真的寫得再真一點。或再假一點。不要再問我真假問題了。這問題不重要。身份也不重要。不要提我的身份。

　　我的故鄉不重要。我的童年跟你是一樣的。沒有人想和故鄉一刀兩斷。也不用事事都扯到故鄉。我對南洋不熟。我沒去過南中國海。對故土沒走過一半。沒住過芭園橡膠園油棕園。沒看過老虎。我的南洋只有我的家。我家附近的商店。我媽媽種的東西。我不要溫暖的故事。溫暖是一種病。

　　我喜歡假裝這個字。假裝自己是作家。是神經病。

　　我沒有畫室。只有一張桌子。靠近桌子，有一張窗戶。靠近窗戶，有一個水罐。我現在可以畫畫了。我出發到那團顏料裡。我在那裡落腳。用廢鐵打子彈。我不照鏡子。我家裡沒有鏡子。我沒法穿得體面。別握我的手。別摸我的畫。我有很多醜陋的黑點。乖乖聽話的黑點。太陽在那裡轉紅。我的貓在那裡看我。這樣就好。

　　我要去泳池了。去泳池了就沒煩惱。我也要用雙腿活活

看。關閉大腦看看。我在冬天去游泳。讓麻木的內臟因寒冷而興奮。讓大骨頭小骨頭磨牙。讓自己變成女神。力大無窮的女神。原來我的命這麼好。還可以在冬天去游泳。還可以變成單面紙娃娃。和一堆人手牽手。

作家的一天

　　每天早上當我寫作不順利。當我的肚子不停阻礙我。我吃了三輪食物。眼鏡壓在我鼻子上。我把眼鏡推來推去。我指望咖啡叫醒我。指望音樂幫我熱身。搞半天才鬆開了腦的結。翻開了亂七八糟的潛意識。一兩個小時就過去了。有時候寫好幾天的都廢掉了。被抱在膝上玩弄。眼鏡的姿勢不對令我無法寫作。咖啡的溫度不好令我無法寫作。我在方形的電腦方形的桌子方形的泳池裡溺水了。我感到我想去泳池的渴望。那個赤裸的方形。我感到我的身體了。我坐下來感到我的背脊。感到我的肩膀。感到自己和石頭沒兩樣。

　　啊那金黃色正在一天天縮小。喀啦作響發出了小小噪音。停在我心臟的棕色蝴蝶上。路沒法直直走。我自己寫出來的大火熄滅了。被那些貓毛熄滅了。我對我的棕色蝴蝶我的金黃色一目了然。對我廢棄的身體一目了然。沒有門。沒

有碎玻璃。我可以隨心所欲地穿過。我佔據自己的金黃色自己的棕色蝴蝶。如果我今天覺得怪怪的。是因為我沒吸夠我的貓的土黃色氧氣。台北陰天的天色。南島的辣椒溶在我的喉尖。我胃裡。我鼻涕裡。

兩點半的太陽填平了路面。粗野了我的意志。直了我的腰。我和我的白日夢停在路上。路人不斷盯著我們看。我唱起了小時候跳舞的歌。呀青草地呀牽牛花。路上的野花編花環。然後我忘詞了。你還不去洗衣。不去洗自己的靈魂。我的身體每天都在用咖啡用紅茶洗。從黑色汁液洗成透明汁液。實在辛苦了。我細細地切長豆。風從後門斜進來也被我切了。我用小火煮東西。把那些闖進來的風也煮了。我的生活心得是自己煮飯。因為我需要吃飯。

我看的那些展都忘記了。誰還會記得看過什麼畫。我新的眼睛已經在玩煮飯遊戲了。我新的耳朵已經聽見飯煮好的聲音了。我新的舌頭會辨認我煮的東西。我舊的眼睛被兒子玩掉了。從冬天到春天。冷變瘦了。我新的手腳也正要吐芽而出。

我圓形的眼珠。圓形的乳房。圓形的靈魂。我也是作家嗎？把眼鏡戴好。我當然不是。我的白日夢坐進車裡。和那

頑強的黑暗在一起。我得開車載它。白日夢的身體變成細細瑣瑣的不熟。不熟的腳不熟的房子。這時間我在跑道外。在南中國海。不是台北的顏色。我的新眼睛是野貓的顏色。我會洗碗了。洗眼睛。水沖進眼睛裡。每天洗眼睛。做眼睛的苦力。把刺拔出來。把眼睛洗亮。

　　我們都是從眼睛出來的。母親的眼睛。從故鄉的腳出來的。吃故鄉的香蕉長大的。從白日夢的車子出來的。你看，我在專心掃地。專心洗碗。句子從一大早就疊滿水槽。跟一堆杯碗在一起。

我在台北病了

　　我在台北病了。我先生知道我病了。看過我跟貓的樣子就知道我病了。我小孩也知道我病了。我看我先生也覺得他病了。每天看爛影片。我看我鄰居也覺得他們都病了。早上遇到管理員都說早安再見。

　　我躲在家裡。把樹種滿陽台就沒人看我了。我先生說我病了。把樹種得密不透風。我還想找一些可以養在家裡的樹。把家裡種得都是樹。把衣服曬滿陽台。在台北老公寓。就是躲在衣服後面。我常覺得住在這種不見天日的公寓是一種病。在冷氣超市買食材是一種病。可我不時就去冷氣超市買東西。扛回家。一切都很冷氣。我聞那隻貓的毛才會覺得自己好一點。她身上沒有冷氣味。很正常。我越來越不正常了。因為都吃冷氣食物。渾身提不起力氣。在傳統市場找到一串真的香蕉。日日盼它熟。熟後一天吃了七根。

冬天我把家裡緊閉。身上穿三層。我受不了冷。又覺開
暖氣浪費。只好在身上裹了一層又一層。五點就落日了。又
是陰暗一片。大家習慣外食。都是車子聲。裝修聲。人聲穿
透。每天都有人煮麻油雞。整座台北是透明的。我躲在密閉
的箱子睡覺。人人都需要一個箱子。一個小小的箱子。

　　把貓養在家裡是一種病。每天鏟貓砂是一種病。每天抱
貓是一種病。跟貓睡也是一種病。這種病令人幸福得無話可
話。離接小孩還有一個小時。我越像瘋子那樣高聲呼叫愛貓
名字。我在台北最熟的是便利店店員。他不用問手機末三碼
可以直接取出我的書包裹。幼稚園老師也對我很好。每天幫
我管小孩陪小孩玩。對面鄰居不要再罵孫子了。雖然不關我
的事。我家裡滿地貓毛。三天要打掃一次。這些事不用講給
鄰居聽。

　　我的貓的臉是埃及人身體是美洲豹。她跟我一樣喜歡把
外套穿在身上。我在偷看野貓。看貓是我唯一的樂趣。不看
小孩。討厭娃娃車。我想到沒有孩子聲的地方。這是一種
病。孩子太吵。在泳池吵。在餐廳吵。在捷運吵。在火車
吵。孩子永遠在吵。所以我只好聞貓。聞貓會讓我覺得好
一點。

看著台北老公寓拖著大大的一台又一台的冷氣機。發出巨大的噪音。陰暗的方形入口。空中沒有鳥。鳥在公園吃魚。看一間間裝潢明亮嶄新的店。人們在裡面幸福吃東西的樣子。一切都是透明的。我又覺得自己快病了。渾身提不起勁。診所醫院都是滿滿的人。我躲在我的貓身邊緊緊靠著她。這才又變好了。我的貓是我的藥。我喜歡這種藥。喜歡看這種醫生。

　　我上的是貓的學校。在台北老公寓。沒有課本。不用眼睛。只要聞貓的體味。用鼻子爬在貓的身上。歡天喜地吸她。浮出水面。一次又一次感覺到她給我的巨大能量。感到她拉了我一把。感到她把我抱在懷裡。不厭其煩的。感到她是我在台北的母親。不用說話的母親。

　　我沒有寫過笑。笑在一張廢紙上。我不會寫笑。一個個笑好像跟我沒有關係。笑在那張郵票上。貓笑的味道。這些笑都記在活著裡。在命運的長方形裡。人們在裡面會死得很安穩。我的貓睡了。睡成一個圈。人睡成長方形。我把書闔上了。把方形闔上了。把頭靠在圈圈上。我把人類的笑容脫掉了。換上貓的。貓不照鏡子。貓毛就是一面鏡子。忠實地映照她自己。

我媽媽病了

　　我要去泳池了。每隔幾天就想到那個地方去。到那個形狀去。到那個巨大的剪刀口去。身無長物地落入那少年的泳池。落入短暫的鍥而不捨。我要去泳池。我要到另一個世界。那個少年的世界。池水的污穢。池水的蓬勃。通往另一個世界。我必到那裡。把自己浸入泳池。讓自己的顏色變淡。開始玩耍。我要玩簡單一點的。玩一間小房子。外面長出新葉。有一點青翠。那裡沒有文字沒有言話。水波剛剛被剪成一樣的紋路。水底下沒有直角。都是一條一條軟軟的白線。

　　我要去泳池了。我得離開我的桌子。我的貓。我的手。我的腦袋。一絲不苟地游。滑進某條水道。神在池底編織人的陰影。我看到了。兩個句號。兩把掃把。池底倒出溫熱的咖啡。滑進我腦袋。我感到自己的形狀。自己確實的存在。

這是平常看不見的形狀。平常看不見的力氣。我來來回回用力地游。看著貓在沙發上大方地啃她的肉球。白色的肚毛誘惑我進去。我來來回回用力地游。我的殼要破了。冷就要鑽進我的辮子毛衣。我套上二手皮外套。感覺自己是個外國人。

我要去泳池了。我得把那時鐘修好。讓我看見生命是三十天。讓我看見用手指用關節打造出來的文字支架。架了幾座。沒有繩子的。一不小心就會散掉。我想要生命是一顆藥。吃下去就變成一隻貓。成為貓的孩子。第三道。第五道。長泳水道。水道像樹那樣一排一排。像句子那樣。像車子一樣。整整齊齊一個接一個。我汲水倒在泳池裡。倒在強風上。倒在自己身上。我也想要朗讀。上山去朗讀。用那雙眼睛寫。寫向鬼神致敬。向母親致敬。向母親游去。我也想要把那眼睛慢慢揉進鉛筆線裡。揉進書裡。沙發裡。泳池裡。

游泳後我不再有問題了。你不能跑嗎？著火了。跑過白色日光燈。跑過小小的紅色膠囊。一跛一跛也不會被笑。一行一行就看到三角形了。就逃離了現場。關於寫作，你不再是問題。你寫了一車的活著。高聲的活著。噴著藍色的汽

車廢氣。廢氣終將消散。只剩下你眼裡的藍色。幾滴水的顏色。我已經直接把熱水倒了下去。沒洗。我的近視沒洗。我的咖啡沒洗。我直接跌坐在那熱水池裡。

我媽媽病了。我假裝不認識這種病。乘客少了。在那裡坐了一整夜。成為通紅的陽光。牙齒先睡了。山裡的地平線就挺了起來。通知你新一天來臨。山裡的風通知你人生的空幹殘枝。母親在落山了。落在平原。我在泳池。來來回回地洗衣做菜。來來回回偷跑去泳池。我拼命去游泳想成為一個強壯的人。因為冬天太冷了。我只想要雙手可以暖和一點。我拼命寫母親只想要離她近一點。

我還在水中掙扎。我還不太會游泳。也不太會陸上的活。我的白眼球被拿去外面了。黑眼珠把我清空了。煮飯做家事顧小孩都把我清空了。清得一無是處。在鍋子下面，我們女人的靈魂在那裡。在被燒。上面有滿滿的食物。沒有人會注意到你寫的詩。你擦傷的手。那些食物被吃掉了。你騎去找你自己的身體。找到一個鍋子。開始為孩子做飯。

把禮服拋掉。把高跟鞋拋掉。我聞到自己身上殘留的泳池氣味。那本書的氣味。我生怕錯過自己的少年。生怕錯過自己的老母親。我準時回到家裡。翻開洗衣機。把衣服曬

好。把衣服一件一件摺好。我想再聽一次她說話。再看一次自己的母親。看到活著的家。看見母親成為公主。看到我成為她。她成為我。我們合為一體。回到泳池。我媽媽不會游泳。我得扶住她。

　　我媽媽的手皺在我的筆記本上。推進機艙座位底下。徒勞的貼切。徒勞的飛行。我恭恭敬敬地假裝在談別的事。假裝得了一個獎讓她安心。用雙手遮住。寄回給自己。從左到右。從右到左。揮手道別。這隻手沒人在看。連貓也笑了。到老都在缺一頁。都在撞上別人。掉在撿不到的地方。等我把手沾濕去洗菜。把衣服丟進洗衣機按浸泡。

　　我把母親的病包在那本書裡。接近中午了。往下走。去買一包紅蘿蔔。走啊。跑過去。鳥的叫聲搭在我肩膀上。我躲進了冷氣超市。一切覆蓋了一層塑膠袋。那座大冷氣超市就在我家旁邊。忘了什麼就進去買。一切商品變得像一紙地圖一樣平坦。聽不到狗叫。聽不到動物的慘叫聲。卻見血水一片。電動刀子機器在切割肉品。人們在排隊秤肉。母親的臉貼在那裡。圍著我密密麻麻的字。我穿上母親的衣服。把它改短。好像要抓住什麼。要展示什麼。我的狗在看我。學校的孩子在看我。我記下孩子名字的手。記下上學第一天的

手。放學第一天的手。我去了河口。把自己握成一塊石頭。
潮汐聲帶著哭腔。帶著全班同學的眼睛。

　　狗在等我。給我看她寫的詩。從她的烏亮黑眼灑進我的
眼裡。把我抱得緊緊的。

　　我偷了更多字。要把母親的病裝滿。

　　孩子把耳朵靠過來。把童年推擠到我身上。外公家的咖
啡店被推土機鏟平了。都在碎石上。外公的三十幾位孫子在
上面跟蹌。我跌倒了。成為年輕的疤。童年被倉促地推倒
了。我才習慣那隻貓的。我不知道要在那裡落腳。一張小板
凳。一如往昔。有腳的圖書館。坐在那裡等媽媽來接我。坐
在腳踏車的後座。假裝在笑的母親。在做飯。沒時間管我。

　　我在她那裡的時候，還很小。留下薄薄的一層紅潤。

　　陽光射進貓砂盆。射進昨天的回憶。攤在我的粉紅色被
子上。沒有成形的哭聲已經被裝回那個身體。越過瀝青馬
路。那雙小眼睛看清了三十年前外公病危的雙腳。母親手上
的船底船艙集滿了隆隆的白色東北風。吹得人都站不穩了。
起床要花很多時間。很多事就要熟睡去了。也有點東倒西歪
起來。

　　媽媽為了把你的話聽清楚。我去洗碗了。這樣很好。自

己煮簡單的食物。為了聽你的話。不怕鈍。不怕拙。我坐到自己的椅子了。我還在幫老貓梳毛。她老了。老在掉毛。我還在跟我的貓敘舊。她是我的前生。她快變成我的身體了。因為這樣我和母親失散了。和故鄉失散了。

　　在母親的村子，數千支香被插在香爐上。人們渴望神的保佑。渴望聽見神的話。在這個月亮不圓的地方。我想找我的親人。終生不長大的親人那是貓。半夜飛出來的鄉愁。被狗嗅出來的鄉愁。橫過一條街。我早上出去。晚上回來。提上飛機。包了一箱的白天。綁成三五個夜晚。

　　當時陽光已經減速了。風有點大。飛機停了一下。

　　起飛道上的燈是圓形的。一閃一閃。那裡有一束光要起飛了。地面上的人看起來都像孩子。我在機上像個老人。我天生多了一顆貓的心臟沒法像他們一樣去上班。媽媽為了把你的話聽得更清楚。我離開了。我把骨架提起來。自己扛行李。扛自己的人生。厚眼鏡。

　　指甲長了。眉毛也長了。母親的話就睡在我變長的指甲裡。我把貓畫在每一片指甲上。我要三句不離貓。春天已被用濫。像貓就不會。我用一半的鼻子聞她。一半被她咬了。一條血痕。我還是湊到她胸前的軟毛毯。這麼溫暖地用身體

寫信。人是用刀子寫信的。用衣服偽裝精神的眼睛。貓展示裸體。身上有地圖。有我回去找媽媽的地圖。

我生來沒有顏色。生來難以管教。

我只能講半透明的母親。睡熟了。我要媽媽弄。又合不來。我要再寫一遍。換一張紙寫。一個人在外。終是一份不安。用鳥叫、狗叫、貓叫聲去整理。去用壞人生。用壞一張一張臉。半透明的母親不講了。不洗了。半透明的話在舌頭上。坐在密密麻麻的人群裡。我去了烏鴉的眼。烏鴉的海邊。我緊貼上老家的大門。緊貼上老母親的顫抖。貼上一片金色。金色太小了。

我去當一顆藥。一步步逼近那裡。去摸了詩的乳房。字要淺。要拉遠一點。把硬的移走。去坐在那本書裡休息。我遊戲的地方有天橋。我跟你的殼是一樣的。用湖泊做的。

不要洗乾淨你皮膚裡的刺青。那不是命運嗎？你身上的深綠色卡在那裡很好。還原成一條線。母親講話的鼓聲。直起腰的鼓聲在詩的大路上。鄉愁源源不絕地亮著的。母親在偷偷看我不像樣的叛逆。

走就走吧。口袋裡有兩張衛生紙。

回去就回去吧。口袋裡還有一些紙屑。

我的繩子繞了一圈又一圈。變成一座又一座褐色的小山。沒法走了。我離白痴不遠。離狗不遠。離貓也不遠。我穿上用膠布封掉的嘴巴。穿上更大的問題。穿上這件等著被燒掉的肉體。

　　這長達好幾天的作品要被沖走。這一生被轉換成好幾個鐘頭的車。好幾個鐘頭孩子的吵鬧。

　　這一生穿得不像個人。寫也寫得不像個人。

　　一路上野狗朝我吠。我身上那隻貓就會跳出來趕走牠們。我參與了我的經血。用我身上的材料表演。攪拌自己的經血。經血已經發芽了。孩子把它們通通拔掉了。

　　是我去洗馬桶。洗台北公寓沒有窗戶的廁所。是我洗得太久。是我寫得太短。是我眼睛裡掉出的一根頭髮。是我的身體的無名無姓。是我眼珠裡出現的臉。是我母親烏黑的眼睛掉了一個耳朵。掉了一張臉。

　　一大群。一大群地飛走。是我沒有回答母親的問題。我沒有臉回答問題。我昨天掉了一張臉。

　　我昨天用的是貓的臉。是我完全清除了。是我坐得太久。

　　是我來得太晚。

是我把母親放在手裡摸著。就轉涼了。我想看那隻在叫的鳥。那隻吵醒我的鳥。

我想為了出生。為了回到空地。回到白紙。

為了挑釁創作的欲望。為了對命運感到熟悉。

鄉愁在刺烈地放射。又白又乾。把我斷成一截截黑色的小鉛筆線。

貓狗已經老了。母親也邁入暮年。我去向他們問路。

我現在夠壯了。可以自己用墨汁畫出眼睛。以後就不用在黑暗中跌跌撞撞了。

我還有剪刀。可以把自己的根剪掉。穿上紙做的衣服。

我已經在日照不足的地方生存很久了。我活著不長大。我發育不良。

我的土地不鬆軟無法種菜。都是有頑石的。一塊又一塊。

我坐著。我坐好了。讓我坐著。

坐著寫作是一份頑固。是一塊頑石。阻礙整地的。會絆倒人的。

我收集柴枝。不斷地收集。火就能燒得更旺。

熱令我振奮。因為我是赤道的孩子。

我是生了孩子才來到這裡。結了婚才來到這裡。我該慶幸的。

人在地上。可以用腳飛。我的腳拿走了那枚戒指。

那樣劃了一條線。只有一點皮外傷。

詩人來探望過你了。跟貓坐在一起。母親已經失去了一些表情。有一點聲音。

我想要印出外婆家。用油墨印出故鄉的大山。

別嫌我寫的不好看。畫的不好看。

因為我是婚姻後的瘋子。我住在婚姻隆起來的石頭上。

不用再幫我算命了。

我口袋有洞，注定窮。

我有貓，注定好命。

我的母親病了。我到了。

這是我的詩集。裡面有這一段。

我現在是野鳥

　　一大早孩子就在哭了。一大早鳥就在叫了。是野鳥。我也要變成一隻野鳥。在城市巷弄裡大聲地吵醒人類。有兩個在哭。幼小的嬰兒。一個接一個追著哭。追著鳥叫哭。母親們拖著孩子。拖成一個慢速的隊伍。走一走停一停。永遠到不了終點。我穿好衣服。把眼睛畫成黑色。讓家裡有充足的水。我才不要作夢。我找到貓碗。孩子的睡衣。我現在是野鳥。再也不用走路。

　　我現在是野鳥。沒有大路。放棄大路。都是大路。沒有橋。都是海。這地方我走過。轉眼就到了夏天。我把臉洗得透亮。把頭髮染成金色。把一管牙膏用完。摸著孩子的塗鴉。我現在是野鳥。把孩子的塗鴉吃掉了。我跳下車。落進了浴室裡。穿過後陽台。一排又一排晃著的衣物。我沒聽見孩子的哭聲了。被水聲阻斷了。被肥皂的香氣阻斷了。

我畫蘆薈。因為那是我媽媽。台北的蘆薈不像我媽媽種的那麼粗。那草汁是故鄉的。是太陽的。蘋果切了一半的時候我看見了馬六甲海峽在台北的水槽裡。我看見老舊的漁船。一艘艘排列在我冰箱裡。一下子故鄉又走了。什麼時候還要來。你不會消失了吧。那隻醜貓在門口守護著我。她的黑眼珠和我一起目送故鄉離去。孩子跟我一起推著那艘船。讓它上了海。我們全身都被打濕了。孩子依偎在我胸脯。捨不得離開。

　　切。切。切。切。故鄉的斷枝殘幹。我已切開了。把故鄉切開了。你無法再命令我。因為我是野鳥。那隻貓的臉陪著我。我看得見她。那隻貓守著我。守著這台北的門戶。她小小的身體。我還是吃力地爬了進去。她的毛在我身上。我的腳套上了她的腳。貓拉著我的身體在夜裡趕回故鄉。大家都在回家。我把命運改了。把路改了。把身體改了。

　　快五點了。幫我畫上一位老人。淡淡的。清醒的樣子。白色的頭腦。離耳朵不遠有一顆痣。身邊有一隻花貓。我畫的這張。有貓身上的點。老人坐在那裡變成一匹馬。橙色的鼻子在教我洗手課。把手洗乾淨。一點一點變成貓。洗好的手不像手。腳不像腳。我聞了那味道。是我的貓的味道。我

壞了。只聞到貓的味道。

　　快五點了。我現在什麼也不是。我摸著那些故鄉路名。還滴著雨水。我感到治癒無望的鄉愁。要路過我這一生的床。要用兩隻腳從門口走出去。是我媽媽給的。讓我去劃分白天與夜晚。劃分那些貓。只有小小的心臟的貓。用小小的心臟溫暖這個世界。我死前要摸過一隻又一隻的貓。一隻一隻放入我的身體。一隻一隻變成我對命運的反駁。

　　快五點了。幫我把葬禮移走。把繩子解開。把貓抱進來。我在清潔我的滾筒。我的地板。我的肩膀我的手掌。餵貓吃飯。一次又一次我抱起那隻貓。大聲亂叫。跑進天堂。下面是一條條的經血。少年的血。被流掉的。我抱抱貓。或許不會被人看穿。晚上。我把故鄉拉了進來。放在我大腿上。

我媽媽來台北看醫生

　　在我八開筆記本上。小松菜也都老了。這是另一畦新菜。我媽媽院子裡的菜。她說菜得在一大早拔。這捆是給我大姐。這捆是給誰。不在家的時候。叫我大姐去拔菜。免得就變老了。我回老家就自己開車。開在七彎八彎的小路上。一天要跑好幾次。載我媽媽去。空車又回來。來來回回。我去買了老咖啡店黑黑的加白糖的咖啡。我知道我媽媽為什麼要睡在客廳。我知道的事越來越多。在我八開筆記本上。潦草的關於老人的小孩的。我帶我媽媽我小孩一起去機場。她坐上了輪椅。路途很遠。姐姐們給我集資。因為我沒有固定薪資。是他們眼中的弱勢。

　　我去掃陽台的小碎葉。我馬上就去。我媽媽來我台北的家。刷我的煮水壺。我說那煮水壺外表黑的和我煮出來的水無關。她說我看的書都不正。走過幼稚園就叫我去當幼稚園

老師。走過什麼就叫我。你可以去做這個那個。我拿去做鞋底好了。拿去做那葉脈中間星星的白點。你管我要固執地寫作。就算這亮光是遠遠不夠的。有時反而更暗。還要一枝一枝被吹滅。媽媽的。我感到她的弱。我真的感到她的弱。雖然她老的固執跟我不相上下。對家裡整潔的固執跟我相反。一大早就在幫我清陽台。說我不像樣。媽媽的。我現在肚子餓。我最後的遺物是汗珠。簌簌流下。我才不要做那種苦命的家庭主婦。我才不要聽你的話。我不可能聽你的話。去做這個或那個。

輪椅的重量。媽媽的重量。斜倚到我身上。我好像在這幾年見怪不怪了。白髮。手杖。晚年像畫雪那樣白白的一點一點。點上去。就算沒見過雪還是會畫雪。沒見過晚年也大概知曉。從那頭頂中間冒出來的白髮。那一側的黑白交融。還有很多銀色閃電。銀色的。把我叫醒。老人一次又一次把水弄濁了。等著水清。誰會想到明天的薄弱。想到越繞越大的陰影。想到夏蟬在搖晃搖籃。這已經是老。這已經是文字。是我平凡的眼睛耳朵。聽著媽媽的腳步聲。變成一個簡短的句子。成為空心的。短短的幾個字。不怕髒的字。她已經來過我的家。還洗了我的煮水壺。

她突然跟小孩子一樣有很多的麻煩。吃東西突然會掉滿地。像小孩一樣。吃完了就到處亂放。她不會用現代的浴室。不會用熱水。用蓮蓬頭。她得用一個桶子盛水。還要水瓢來勺水就是。她坐火車、飛機都不敢用廁所。出門就都不喝水。認為上廁所麻煩。她不睡床墊。只睡硬的。吃嚴格的素食。對外食很難滿意。外出一路速度就和帶年幼小孩的速度一樣。還得搭計程車。捷運公車的上上下下對她都很吃力。一路上我都得跟在一側。怕跌倒。怕被人撞。一次一次。緊緊抓住了我。劃在我身上。我又一筆一筆畫出來。但畫得雜亂不清。畫得風雲密佈。把粉紅色畫髒了。畫濁了。

　　我媽媽那天坐在輪椅上。我在醫院慌張地走來走去。我一下子明白了那些站得到處都是的義工。因為我慌得失去了方向感。什麼地方都找不到。初診。報到。電梯。診別。小孩和外婆在一起。我一個人跑來跑去。搭電梯要等很久很久。又掛另一診。去地下室吃飯。搭電梯又等很久。回來看診。搭電梯又等很久。一直得等那兩台電梯。批價。醫生沒給到三個月的藥。跑上去找醫生。又回來。等藥。等一顆顆藥。把我媽媽的身體撐起來。十幾天我什麼事都做不了。帶著一老一小說不完的考驗與耐力。我本想溜去游泳。我媽媽

吐了。叫我去買尿壺。買青蘋果。我找了超市水果店都沒有。一下買這個。一下買那個。吃的東西她吃一口就說不對。有怪味。全丟了。她睡不好。我拉她去外面走。她的手緊緊地抓著我。起步前都要用力拉我。有人從對面走來會拉得更緊。夏日炎熱。我的手被她抓得像烙了個印。

她說來女兒家哪裡好。亂得死命。寧可去跟團。我沒有回嘴。我知道生病會心情不好。我已經長大到足以面對這種。我們其實沒去哪裡。但我身心俱疲。來台北看的也是藍衣隊的醫院。遇到我鄰居她很奇怪為什要老遠到藍衣隊的醫院。坐上計程車司機也很奇怪我們要坐半小時的車到藍衣隊醫院。我心裡更悶。這車程這車資。可我知道她對藍衣隊的固執是無可救藥的。她不時問怎不把我小孩送去藍衣隊的幼稚園。又說中學就可以送去藍衣隊的寄養家庭。不時又說誰誰的小孩三個女兒都去讀藍衣隊的護院。誰誰誰的命很好。相較之下是她的命不好。女兒沒進藍衣隊。也沒去讀藍衣隊學校。來台北這幾天她要去藍衣隊園區參加活動。什麼活動她都爽。我只好帶她去。拉一老一小。那天晚上是唸地藏經。我又默默進去。小孩是在場唯一的小孩。在地上滾來滾去。看完台北的醫院她不滿意。又執意要到花蓮再看一次藍

衣隊的醫院。

　　那幾天我們出入藍衣隊園區、藍衣隊門市無數次她都不厭煩。在家裡我讓她看藍衣隊電視、聽藍衣隊電台。我實在沒法和自己的媽媽一起住在台北小小的公寓。我好像看書就是一種罪。不好好打掃家裡就是有罪。我每天一早就開始打掃才是受罪。心情很消沉。沉到鍋底。滿腦在說忍一忍她就要回去了。就這樣到了最後只要想她後天就要回了。明天就要回了。就會對她更有耐心一點。

　　這短短幾天好像發生了一本小說那樣長度的事。看了兩次神經內科。兩次復建科。一次診所。搭了無數的計程車。我只想好好地睡。要休息一年才會恢復的那種累。可人生免不了家務事。老人小孩的家務事吐了一地。我補眠了兩個小時。隔天去醫院看我公公。那天半夜他就走了。我正想開始清靜地創作又得拉小孩去唸經在殯儀館一整天。他又在地上滾。我沒有時間哀悼。晚年是現實的。死亡是現實的。我公公用我先生名字借錢。他一走我先生又揹了兩百萬。他走了沒人幫我帶小孩了。我感到惶惶不安。我在台灣再也沒有可信的親人。可以無條件照顧小孩的親人。我只好繼續去游泳。把自己搞得強壯一點。我身邊沒人手。我小孩問為什麼

爺爺會生病、他也會生病、媽媽不會生病？我小聲說我也
會。只是你看不到。我生一生可能在你回家前又好起來。八
開筆記本上。我媽媽種的洛神花開了一堆。她叫我去剪。收
一包在冰箱留給我二姐。我開在那七彎八彎的路上。我的貓
肚子餓了就用那小小的牙咬我的小腿。我發出比平常更大聲
的尖叫。還是去給她添了飼料。

我公公進醫院了

　　我是帶著兒子去還時間的。時間也不多了。人一直都躺在床上。看了他的臉就令人不安。有時還會聞到沒有被好好照顧的味道。看他床下展示著他的尿袋。不太有人樣。可我們都要假裝他有人樣。假裝我們沒有害怕。那些藥水的顏色已經不是我們平常會看到的那樣。那些裝藥水的瓶子也不是我們平常會看到的那種。

　　我不太敢看他的臉。怕他的眼光。我就是帶兒子去。他女友把食物送到躺著的他的嘴邊。住久了，病房東西很多。他的女友還很強壯。我叫她阿姨。他們看起來就像一對夫妻。事實上他們沒有結婚。她是他的外遇對象。我在背後叫她小三姨。

　　每次我就帶著兒子坐公車到某某站或是醫院。這兩種路程都得坐公車。馬路中央分隔島的野草。或人工整齊的花

草。在風中晃得很。我在冷氣公車裡。擠在笑裡。擠在汗臭裡。擠在公車的嗶嗶嗶右轉提示聲裡。公車下了假的橋後我們就要下車。我不喜歡被關在搖搖晃晃的冷氣箱裡。又跟一群人擠一起。我不喜歡城市的風景。還好這路程不長就是。二十分鐘就到了。

我是去還時間的。以前他幫我顧小孩給了我很多時間。現他重病了躺在床上。我就帶著我兒子來還時間。他給我的時間我沒想到這麼快就要還給他。他會開車來接小孩。又開車送回來。小孩其實就在他家看電視、吃東西。小孩喜歡去他家是因為電視。因為可以愛怎麼看就怎麼看。我帶我兒子去，我兒子還是在看電視。不是去看爺爺。

他們說話還是樂觀的很大聲。要多吃。要多吃一點。要乖。各種各樣補給包裝鋁箔包。好像隨手都搆得到。他都躺著。我沒看他坐起來過。像躺在船裡一樣。病房裡止住一切晃動。護士的聲音。不硬不軟的聲音。

他進醫院時是自己走進去的。進去先做一堆檢查。他一直在腰痛。痛的程度忽大忽小。那時就帶小孩去看他。他人都好好的可就是躺在床上沒坐起來過。精神還不錯。好像只是偶爾會腰痛。其實已經是骨癌末期。

我公公開刀那天兩位兒子都沒來。我先生在外上班那是沒辦法。我小叔也沒露臉過。我一早帶兒子轉了兩班公車到醫院。在手術室外找到小三姨。她坐在開刀資訊螢光幕前面。死死盯著看。我能感受到她的疲倦。早上六點多起床。夜裡睡不好。既使是我到了，她也不願離開那裡。她早餐也沒吃。就那樣在那裡等著。等了超過三個小時我公公還在手術中。後來聽報告找家屬。我一聽馬上站了起來。沒想到她原來有一隻耳朵聽不見了。加上精神壓力大她沒聽到。還好醫生只是和我們說手術很成功。等恢復時我和兒子去吃了午餐。她還是堅持在那裡等。我們回去時我一眼就看見我公公被推出來。臉有些水腫。但已經醒了。小三姨還坐在那裡等。我們去叫了她。

　　我想起我婆婆十年前癌症入院。她感覺有些怨懟。我先生、我小叔、我雖然每天都會去。還有她的好姐妹。還有她兩位弟弟。人很多。但也都各有各的事在忙著。而小三姨就是放下所有事。以我公公為主。加上她也已經退休。我公公的病房很安靜。他平常都在看電視，現在連電視也不開了。我也沒見過其他訪客。我們去的時候就只有小三姨。不是我公公沒有朋友。而是他也不想通知他們吧。我又想起我婆婆

的安寧病房。還有她回家那次。滿滿都是人。可人多完全沒用。是我的話，也寧可一個人安靜地走。

我公公和我的關係是零。我和我先生家的人關係都是零。可我先生離開台灣這一年，我公公突然冒出來了。他會來我家接我小孩去他家一整天。一整天都在看電視。吃我家裡平常沒有的東西像是肉乾肉鬆之類的。因為我也沒看電視的習慣。可想而知電視對他很新鮮。因此幾乎每隔兩週他都會去一次爺爺家。那一天就是我多出來的一天。連我先生在我都沒有這樣完整的休息日。而且我完全也沒有人情債。因為總覺債在我先生身上。他得去還。就這樣安心送了近一年。這就是我和我公公間接關係的全部了。而他突然入院，還好有了小三姨。我就是多帶小孩去看他讓他開心。

我公公和小三姨看起來都很耐得住院。我在裡面兩個小時就會冷得窒息。小三姨幾乎不回家。三四天回一次。據她說就是看看房子。接著又回來醫院睡。就算在醫院睡不好。他們也很樂於配合各種治療。是我的話早就放棄治療了。可他們相信一切會好。就算腫瘤已從骨轉移到肺。骨頭被癌症吃掉。他先到骨科打入四支鋼釘支撐腰部。接著還要做化療、電療。他們一口氣做完這些都不出院休息。小三姨說。

我公公的痛分大痛、中痛、小痛。小三姨就幫他翻翻身。按按摩。痛很頑固。會冒出火的。慢慢把人吃掉。在病床上。在棉被下。我公公就這樣越來越薄。他的名字慢慢變成病床的顏色。說不出的顏色。

小三姨完全斷絕自己的事。在這種社會是稀有的女人。男人要的好像就是這樣。女人好像什麼都不用會只要好好伺候自己的先生就好。醫院裡是這樣的。生病時是這樣的。而無論如何，我公公和我兒子關係很好。我提供很多讓他們獨處的時間。幾次上醫院，我也看到了。爺孫之間的關係很縱容是無可取代的祖孫情。人要是小時候都有過這種愛多好。兒子動不動問爺爺明天就出院了嗎？爺爺為什麼會生病？這些問題我都不知道。問你的手吧。

他換過一間又一間病房。不同科別、四人房、三人房、單人房。被推去做這個、照這個。他想要外面新鮮的空氣與陽光嗎。他好像慢慢和醫院合而為一了。對護士總是說謝謝。他一直躺在床上。好像對這樣都很安份。對醫院的冷氣和噪音都很安份。對治療很有信心。可我後來才發現那是因為已經無力反抗了。醫療是唯一的寄望。他不會去管冷氣或是噪音。只要有病床可以治療。別人也不好說放棄治療吧。

治療無用的話。

　　那些病床、藥、針什麼的都讓人慢慢上手了。不用枝幹了。鳥叫了一聲飛了起來。病床被推來推去。差一點就撞到了牆。還可以吃東西。腰椎就在叫了。叫到天黑。今天還沒過去。叫你再去多拿一點藥。現在要換誰。換誰去躺在上面。換誰雙腳可以走穩。晚上，去把腫瘤圍成一堆點火。晚安四顆鋼釘。四個小洞。病房外台北市燈火通明。好像一切都很好。隔了層玻璃窗就是準備到另一個地方了。

　　最後第二次去看他的時候對不到他的眼神了。人已經一半不見了。他的臉變得不太對勁。小三姨說那是藥的作用。我只記得走時我兒子的小手去給他握了一下。他那一握好像意味深長。最後一次去他在氧氣罩下用力地呼吸張大嘴巴。不時抽動雙手發出痛苦的聲音。他的雙手被棉花紗布固定起來。兒子在討論要換病房的事。因為請了看護加上他住了超過一個月的單人房。錢很快就燒光了。我不忍心在病房裡看他的樣子。我猜他也不會想要外人看到他被囚在床上的樣子。

　　隔天的半夜他走了。當他穿上西裝打理乾淨躺在棺材裡的時候看起來就像沒生病時的模樣。一切都很完整。臉形也

不再奇怪。而且還有微微的笑意。好像離開病床離開醫院的
笑。寫到這裡一切還沒有結束。他沒有留下任何財產。十幾
萬的醫藥費要兒子扛。一年前還用我先生的名義幫他貸款。
自然是沒法還了。身後事的費用。手續等等。他走了沒人幫
我帶小孩了。我陪小三姨看著蓋棺人塗了一層又一層樹脂。
把壓克力版放下去。又用刺耳的工具把螺栓一顆一顆地旋
上。然後又塗了一層厚厚的樹脂。把棺材蓋上。一切好像不
太莊重。沒有禮儀師在旁。也沒有人唸經。棺材上好像積了
些灰塵。好像有點草草了事。好像那樣一下就摸不到了。握
不到了。

告別式筆記

　　我在寫的是死者書。我用了一千一百本筆記本。一本一本丟掉。透明的死者飛了出去。趕上了運送大體的黑車。粉紅色的心臟已經變黑了。大家都和死者不熟。沒什好太傷心的。大家在早上八點趕到現場。已經穿著筆挺。生者個個穿起衣來都很好看。我好像看到我公公那時四個月前，還直直地站著來接我小孩。靈堂佈置了船形的鮮花。鮮花也都硬挺著莖。沒有一朵是有瑕疵的。沒有一朵是稍稍有枯了下垂的。在一小時後這些鮮花都會被送進垃圾桶。一小時後這群人都會散去。他們來就為這三分鐘。給家屬看——我來了我來送你爸最後一程。來的人像那艘船形鮮花那樣多。一半其實並不認識死者。除了零星一些也不太有在往來的親戚。真正死者朋友不到二十位吧。看起來是兒子任職的公司重要些。他們很會充這種場面。公司一聲令下。多少人都來了。

好像台灣人很講究這種排場。早上六點半我們家屬就要到了。這一小時的靈堂我公公的照片放在中間。我不敢看。我和我公公並不熟。不是那種會難過到想哭的。但這種場合。我知道只要有人哭了別人也會哭的。但好像我們之中並沒有人和死者很熟。剛走的話看到死者照片都有一股難過。一般就不去看。我的貓走後我也不去看她的照片。好像一看就會勾起回憶。

唯一一位和死者很熟的人其實和死者沒有親屬關係。她是我公公的外遇對象。席間她坐在最前面。看起來就是隨時都會哭的。沒有人去安慰她。沒有人陪她哭。我太冷靜了。我一點都不想在眾人面前哭。況且我說過了我跟我公公並不熟。雖然我穿上的是孝女的黑衣。孤伶伶地站在女眷側和來賓鞠躬。那些之中沒一個是我熟的就是。可我又不得不出席。這種感覺和我婆婆過世時的感受是一樣的。早起令我犯睏。又跪又拜了不知多少次。我走時絕對不要擾人清夢。不用告別式。一口素棺。推進去火化就好。這麼多人來送你。風風光光體面地走。我不需要。大家當然是沒有怨言的。大家都想這就最後一次。沒有人會計較這種。但我不要就是。不用穿得筆挺地來送我。看到這麼多的生者會更不捨這世界

吧。我先生的告別式的話。我也不想幫他辦。死了就死了。
真的不用再勞師動眾。

　　和死者熟不熟一眼就知道的。我沒有跟任何死者熟過。
可能是在台灣異鄉吧。我熟貓比人還熟。會被人揍那種。我
對所有我先生的親戚都沒有丁點往來。他們口中不時會傳
出。那個媳婦不是台灣人這樣那樣不好的閒話。告別式很完
美。唯一的問題就是沒有人和死者熟。連死者的兒子們都
是。我公公在兒子們未上國小前就外遇。兒子們還願意為這
樣的老爸辦喪禮已經很不錯了。當時需要爸爸時爸爸不在。
他們也許有動過不想辦的念頭。但我知他們孝親觀念重。又
怕被別人講。那一圈圈完美得像假花一樣的花束站滿了靈
堂。都是那些會充這種場面的人做的。他們擅長做這種。殯
儀館就像大醫院有那麼多的人。有那種電子看版顯示火化的
死者名字。穿著莊嚴的禮儀公司業者比比皆是。像醫院的醫
師護理人員那樣多。每位生者不知該聊什麼才好。皆是一臉
的疲憊。生者才有的疲憊。生者才有的煩惱。生者才要撐
傘。才怕淋濕。生者才會肚子餓。才會想回家。我完全不想
和任何人說話。而且我不知道該怎麼稱呼他們。對我公公生
病時的事也不想聊。我好像開始有點不耐煩了。太多的儀

m a niniwej

式。姐姐來送弟弟。兒子來送爸爸。送骨灰開三小時車程到鄉下的納骨塔。當天往返。

　　我來台灣十多年。送過我先生的父母。而我先生動不動躁鬱症會對我發作。我才因此恨他的。我痛恨別人對我大聲。我對我公公視若無睹。因為他對他兒子的所為也視若無睹。我從來沒有因為嫁給台灣人而得到任何人脈上的好處。在這裡的生活用的是另一個名字。去演講去上課好像都不是我自己。我不敢去想自己到底是誰。開始寫作後我好像就是假的。有時候我會到那個假的世界去。在假的世界產生一股真的力氣去創作什麼。去說什麼給人聽。我死的時候是死假的自己。假的自己和任何人都沒有親屬關係。真的自己很少存在。只有在我回老家陪父母時出現。回台灣後就變成假的自己。當然我對這樣的切換是不會有問題的。跟誰都無關的話。死的時候就簡單很多。

我媽媽的時間

　　我媽媽一個人住。客廳有三個時鐘。沒有一個是準的。卻又都在走著。家裡掃把很多。沒有一把是好的。整間家都是從環保站回收來用的櫃子、電器。每一件都是。好像用一用就會壞了。沒有一件是自己買的。臉盆、桶、吹風機、毛巾、浴巾、床單、枕頭套、窗廉、沙發、時鐘。每一個時鐘都是。

　　那是我媽媽的時間。沒有一個準的。我七歲小孩說在這裡感覺不到白天與晚上。

　　一到家我媽媽先叫我去澆花。我說下過雨了。又叫我掃前面。我說我今天很累。

　　年初一一大早我媽媽就醒了，六點多。昨晚她就先煮了甜品。前一天又先煮了洛神花茶結成冰塊，也先把木耳煮軟。放冰箱一盒一盒存著。一大早我把她弄好的這些東西載

到舊家。大家都還沒醒。畢竟除夕夜大家都在放炮，也睡得較晚。我媽媽的時間。早了所有人至少兩個小時。我們沒有人能搭上她的時間。我偶爾搭上也覺得很累。帶她去看醫生隔天我就病了。我和她住一起幾天後會累得不成樣。心裡的累、溝通的累、徒勞的累。

　　這一年過年。她七十二歲。本命年。她的病症變重。行動變得更為緩慢。走一小段對她都極為不易。我開車技術不好。當她說，你把車開到這裡。我就知道她沒法多走。多兜個彎我都要去把車開到她面前準確地把她接上車。我知道在命運面對不用多說。不用多想。就是比平常更麻煩的去把車開到接近她的地方。她沒法走到停車場。在很多場所。她也不會再一個人走去外面的店家買東西。因為她沒法自己一個人過馬路。特別是人多車多的地方。

　　有一天她讓我載她去上瑜伽。一切都得很慢，很小心。她上完我接她下樓、上車。她提議去她娘家的海邊。到了那裡她也沒法多走，就在車子附近。她叫我去約二十來步的廟幫她求籤，問她病情如何。這對一般人輕而易舉可以走到的距離，可以跪下來丟籤的過程，對她都是無法掌控的動作。腳不太是她自己的。別人扶她也沒辦法。她動不了。就像我

們動不了命運。

　　這裡很容易迷路。我們都開過這種路。這裡的窗簾圖案
都是花的。下午的陽光極為斜刺。我爬上我媽媽的頭髮裡。
成了一支髮夾。我在她頭上看見日頭由紅轉黑。很快就什麼
都看不見了。我和她一起待在停電的房子裡。什麼事都做不
了。或者是什麼事我們都不想做。

　　老家的時間。時間要暗未暗。硬是要起床的時間。用破
布擦掉了。蜻蜓就這樣戰死。死在浴室的地板上。狗和貓是
我知道的。是我常常在用的。香蕉葉也是我知道的。香蕉
葉。炸香蕉。那麼我就是香蕉。小而短的旦蕉。金蕉。一公
斤 3.2 塊錢。新型的水果店。一整排的冰箱。外國水果。越
來越貴的水果。那裡我聞到了小時候的味道。那些香濃的果
味。菠蘿蜜。軟軟的刺黏黏的液的黃色菠蘿蜜。軟軟的橢圓
形。那裡還有椰子。那些全世界最大的種子。成串的。我要
喝它的乳汁。清透的乳汁。喝了就不會生病。每天喝一顆。
就像每天喝媽媽的乳汁一樣。在這裡我吃樹的子宮。吃樹的
乳液。吃樹的生殖器官。那麼香濃清澈。比人類的乳汁還好
喝。那甘蔗汁液。甘蔗汁色。喝下去就強壯了。喝下去。喝
下去它的身體。它的體液。天不夠熱還沒法幫狗洗澡。狗會

冷。我要跟她一起在艷陽下。艷陽下洗。洗不掉那個我媽媽怠慢的時間。

　　那個艷陽。已經縈進我體內的艷陽。我用這個來陪我媽媽。陪得滿身大汗。也顧不得要去穿好看的衣服。去把自己打理好一點。這裡的人大家都是汗衫短褲出去。此刻我全身都是感受。每一刻我都想到一個句子。文字句子在我頭腦穿過來穿過去。可我連筆記本都還深埋在行李箱裡。我在雜物之家。在一百個房間之家。每個房間每個抽屜每個衣櫃每個箱子我都想打開看看。每一件衣服我都想試穿。試穿後又好像每件衣服都不對。

　　我瞥了一圈老家的時鐘。我找不到對的時間。我知道我媽媽的時間不見了。將暗未暗的。看不太清楚。我硬著頭去的。

找個可以吠的地方在台北也不好找。在紙上挖個洞來吠就是。

輯
二

家庭主婦病

　　我先生走後一年。我瘦回十年前的體重。是刻意去瘦的。是瘦的意志。是反叛他的意志。因為他討厭瘦。我就越是要瘦。瘦成一支桿子一雙雞腳。我幾乎每天都去游泳。瘦成一個沒有性別的身體。這是一種對家庭主婦生活的反抗。是對我先生的反叛。反叛成一位他再也不熟悉的太太。只要聽到人（特別是陌生人）說太瘦了妳，我會病態地得意。自從七年前生了小孩後日夜常和小孩捆在一起。看著自己小腹擠出來的肉，看著自己長出了蝴蝶袖，手臂好像有種「媽媽樣」出現了。心裡就不太爽。

　　不上班成為創作者後，游泳變成我一天之中唯一摸得到、唯一可以確定的事。我感覺到我這個人的身體。這樣也花了快一年的時間。不時會想何苦又要浸入那大雜燴的體液中，說不清是誰的口水流過了那水。誰沒淋浴渾身汗垢就泡

入泳池。誰的腳底沒洗乾淨。誰的屁股沒擦乾淨。可一但進去了。這些事都不重要了。有時看到池底很髒。有時有些小小的漂浮物。因為你沒得選擇了。這個池就將就吧。游的時候當然也不想這些事。就盡量地游。最好是讓頭腦累到來不及想。只在呼吸喘息間來來回回。用力踢腿。伸展四肢。小腹。像個笨蛋一樣游吧。沒有泳技地游。每天就有一個笨蛋會在下午五點到泳池。一個只會蛙式的笨蛋。一絲不苟地游著。久了，我說不清自己為何要每天來。沒游泳我好像變得不會睡覺了。我感到掠過的恐懼。我好像就得住在泳池旁。每天就得泡在髒水裡。否則我就失去了方向。否則就變得沒精沒神起來。一吸一吐。一沉一浮。一根一根。一針一針。縫自己的身體。用水縫。用髒泳池水。用意志。用固執。我的身體就從這裡來的。我就要回一個無用武之地的身體。不是為參加比賽。不是為誘惑男人的身體。我就要一個我自己方便的身體。自己高興的身體。我就想要一個少年的身體。一個精瘦的身體。一個明亮的身體。一個穿什麼衣服都可以的身體。這樣的身體不需要衣物妝點。一個穿什麼都可以的身體。我不用花力氣在穿著。我不想花力氣在外表。我想要成為自己本來的樣子。我喜歡少年的身體。這樣游出來的身

體是可以把自己當男人用。當一條魚走路的。不斷不斷每天從頭開始。好像要走斷那條路。

　　像一個笨蛋那樣打掃吧。我也不請鐘點了。活著就這些麻煩事。死了就沒有了。病了再請打掃吧。身體不是拿來坐在桌子前打字的。那也不會坐太久。坐太久會有病。偶爾觀察有小孩和沒小孩的女人身材差異，總覺得當媽後就墮落的人還真不少。當媽者常常小孩的事優先，自己的時間少到不行。有人還會覺得自己一人去做運動有罪惡感。沒錯，聽起來不可思議。可我剛開始游泳的時候也是如此。我會責怪自己怎不帶他一起來泳池。怎讓他在學校那麼久。游泳是一種這麼好的運動我怎能自己一人來沒帶他。可我也不知吃了什麼定心丸。就在去年九月某一天，我突然就去住家附近的泳池買了三個月的泳卡。隨時要去游都可以。游多才划算。

　　我沒法帶他去。帶他去我沒法游。他也不想學游泳。說已經會了。他就套著泳圈踢著根本不會前進的水。又因身高不著地。我無法離開他身邊。帶他去我只能泡水。有時很想游個一輪。可頭腦總幻想他溺水又沒人發現我鑄成大錯的畫面。游得也不安心。想泡熱水他又說太燙了不喜歡。烘乾室的味道他也不喜歡。我帶他幾乎什麼都沒法做。下半身泡在

水裡很不舒服。在水裡沒多久他全身開始發抖。嘴唇都變成紫色的。小孩子真的很難搞。無怪媽媽們除了做家事沒有別的運動。我媽媽也是如此。她從來沒有個人休閒。喝咖啡、逛街、散步，對她都是一種「吃飽太閒」。

　　當然，她也不支持我去做運動。我說要去跑步，她會說「地去掃一掃」。直到我去游泳後我才發現運動和家事最大差別是運動會分泌多巴胺令人愉快，做家事不會。有本書叫《家事的撫慰》，看到這書名令人困惑。沒小孩的人做家事可以有撫慰。有小孩者大概是神才有辦法得到撫慰吧。有小孩的家就像垃圾山一樣。我先生回來看到臉臭得跟什麼一樣。怎麼這麼亂？你怎麼這麼懶都不收拾？此時我只會板起臉孔，你自己來收看看。小孩二字等同於亂。他們在學校可以玩好就收。在家裡就無法。玩是一種亂的狀態。若太在意這種亂的父母多半會大吼大叫。把小孩的玩具通通掃去丟掉。說真的很多次我心裡也有這種想法。自從有小孩後家裡總是處於亂的狀態。我常去設想小孩不想收玩具的處境。就像我不想把筆電收起來。或是不想把書上架。怕上架就忘了要看它。桌上總有幾堆書的狀態，不也是小孩玩具沒收的狀態嗎？

總之養小孩花錢花時間還讓你的住家變得很沒品質。看到單身族有心情種多肉、做牆上擺設、桌上擺設、去看電影、在沙發耍廢。想到這些心裡就很不平衡。有小孩好像是做錯事被神處罰一樣。過著一種半人半物的生活。只要想到沒小孩的人過得有多爽心裡就一股怨。只好不去想。想也沒用。而最討厭的是沒小孩的人永遠（永遠）沒法體會有小孩的生活。常會說出一些很令人惱火的話。像是小孩不是一直在睡嗎？小孩不是很可愛嗎？你怎不多生幾個？（我依稀以前也說過類似的話）。無怪媽媽們的朋友圈多是媽媽。我們越來越無法和沒生小孩的人說話了。

　　每天去游泳是一種什麼樣的固執呢？我是從入秋開始游泳的。那個時候人不像夏天那樣爆多。接著入冬了。雖是溫水泳池。還是冷的。反正這是一種我也不明所以的固執。我不是因為生病才去健身。也不是為了減重。雖說是有變瘦一點。但運動的重點不是減重。那是一種身體的狀態。體重是沒那容易下來的。我可是游了近一年也才瘦了一公斤。說是減重是不太有效的。但我喜歡這種身體的狀態。剛開始一出泳池連走路都昏昏欲睡。後來反而是變有精神了。游完也不需要吃太多東西。有種身心終於合一的感覺吧。你終於是帶

著自己而非腦袋在走路了。自從我的身體開始分泌多巴胺後我帶小孩的生活也較好了。因為心情變好，對小孩也比較寬容，也比較看得到小孩的可愛之處。可若沒有幼稚園幫我顧掉從早上到傍晚六點這段時間，我還是無法欣賞小孩的任何舉動。

　　冬天我也不知吃了什麼膽也照游不誤就是了。冬天的好處是小孩子都消失了。泳池變得好安靜好安靜。我喜歡冬天的泳池。夏天時我根本數不清有多少人從我身邊游過。反正大家都在擠。你就像一台車得一直開一直開不用管誰經過了你的車。水道也不會是你一個人的。但我其實常常都可以獨享水道。只要仔細留意一下泳池作習就不太會失誤。但六日和暑假一定人爆多就是。

　　我原來一週游個三四次吧。高峰期是五月母親節後。我又莫名其妙每天去游。每天！有時我覺得頭腦好像都泡水了。可休息一天又渾身不對勁。每天堅持做一樣的事。戶外五十米池要來回二十次。室內小池就要來回四十次。每天從零開始。不用快。每回都有不同的體會。有時游得很順。有時會有點喘就休息一下。一小時內做完這些。包含洗澡。每天就像是到泳池花一小時洗澡一樣。其實就一天的時間來

說。一小時也算不了什麼。好像除了這件事我生活裡其它的事都是不確定的。而且多巴胺固定分泌。我的情緒智商變好了。反而常覺得其他人講話怎要那麼凶。睡覺也成了一件令人舒服的事。雖然我常常還是在半夜突然醒來。還是睏得要命但腦袋開始想起一堆白天沒完成的事，又得花一番時間再次入睡。

暑假我把小孩送去安親班後回來清貓砂、倒垃圾、餵貓、幫貓梳毛、澆花。有小孩在我沒法做這些事。沒法好好做任何事。躺在沙發上也不是。聽音樂也不是。他都會過來。好像我是一塊巨大的磁鐵。有時連洗碗、曬衣服都要過來看。除了他吃到什麼好吃東西糖果時鴉雀無聲之外。我才知道棒棒糖的真諦。那是用來給小孩安靜的。給大人清靜的。

我不知道這到底是什麼病。他不在家時我才有打掃的欲望。連煮東西也是。他不在時我反而會煮給自己一個人吃。他在就隨便去外面買一買。他在我也沒法正常地抱我的愛貓。只會對貓又切又壓又擠搞得她哇哇叫。她越哇哇叫我越爽。我竟以此為樂。或是忍不住一直想幫她梳毛。搞得她抓狂咬我為止。他在的時候總是發出一堆戰爭遊戲的聲音，不

然就是跳上跳下跳來跳去令人擔心鄰居的反應。我的左鄰右
舍都抱怨過他很吵。我身為他媽我從不會道歉，講客套話。
他吵又不是半夜吵，就算小孩半夜哭鬧你又能怎樣。

　　看到拉兩個小孩的媽媽，我多投以同情又佩服的眼光。
看得出來她們除了要顧小孩，還要打扮好自己。我自己有小
孩後買的衣服是越來越大件，越來越貴。但不會因此而更
爽。無論再好的打扮只要胸前掛了個小孩一切都會毀了。而
身上沒掛沒推小孩的人不管怎麼穿都很對。看得出來當女人
很累，一邊帶小孩一邊要讓自己看起來很像樣。可這種要隨
性不隨性，要端莊不端莊的很難吧。她還得留意現在流行怎
樣的款式讓人覺得她沒跟社會脫節。無論如何這也是一種媽
媽的志氣吧。

　　在台北通常只會看到美女在推小孩。而且美女特多。帥
哥不會去帶小孩。總之看到這種推小孩的畫面從來都不會覺
得是一件幸福的事。特別是在密閉空間大吵大哭的小孩。要
人不側目也難。媽媽汗流浹背。又不能對小孩大聲。還要在
眾目下輕聲安撫孩子。我不知道她會把氣出在那裡。媽媽的
問題是她得不停面對小孩的挑釁。所以媽媽最好不要自己全
天和小孩黏在一起。對彼此都好。否則像我這樣怨氣積累太

多，最後必會出現一種病。

　　這種病就是小孩不在身邊我才覺得自己像個人。連吃東西感覺都不一樣。連感覺情緒也完全不同。反正我知道只要小孩一到學校一切我都可以搞定。任何事都難不倒我。此生最大的難題就是小孩。有過小孩的人都知道。小孩生病的話我就想找人吵架。小孩生病是全天下最痛苦的事。這幾年下來都還心有餘悸。有小孩的人願望很低。而且不再為自己的事許願。只要小孩健康地活著就好。雖然是這樣想，可幾年下來，覺得自己被小孩摧殘得亂七八糟了。被耽誤也是。如果不開始游泳我好像過不下去了。廢水廢到一個地步不得不全部放掉清洗了。

　　有人好心找我去看詩歌表演。說可以帶小孩去。還好心讓我坐第一排。全場只有他一個小孩。亂笑。笑超大聲。還說很無聊。我幾次把他帶出去屬聲指正。他完全失控。完全不在狀態。最後我只好默默把他帶走。還得一堆道歉。還讓主辦者很不爽。

　　有時候一個人在家根本不敢去想過去發生的那麼多事。也不敢去想未來。我不知道顧小孩得到的是什麼。因為看起來我得到的是一堆心理的病。我就想繼續這樣有點病的活下

去。貓走過來咬我的腳我就叫得特大聲。叫到整條巷子的人都聽到瘋子的聲音。或是一種可以容忍家裡很亂的病。還有把那種有明星臉的報紙拿來清貓砂就很爽。還有更喜歡和動物講話。如果沒有持續去游泳，用身體的健康來多少平衡一下心理的問題。大概真的會成為瘋子。這種病還是一種反社會的病。是一種渴望獨處的病。我完全不想社交。不想和朋友吃飯聊天。幾年來這種習慣消失了。朋友也慢慢消失了。

還有一種是睡不好的病。這種病使得我更仰賴游泳。而且我一定要和那隻貓睡在一起。有個部分碰到我身體。夏天她會碰我的小腿。有時會在我枕頭旁。其實是我把枕頭拿去靠她的背脊。我的手碰到她或讓她躺。那隻貓成了我的助眠器。我睡前都會把她抱到床上。有時她喵喵叫想出去我也不管。這真是一種嚴重的貓癮。她走了我不是完了。有位作家叫我不要想。提到那隻會陪他睡覺的貓的時候他哽咽了，令我更加恐懼。

家庭主婦的病情其實是相當複雜的，還得在社交媒體上發表存在感。我慢慢把自己訓練成不用被別人看到。我打掃我洗曬就是一種讓自己舒服的方式。不用被大家看到。我每天煮飯每天游泳也不用有誰知道。就像把衣物整理好。不是

為了讓誰看。把身體洗乾淨。也不是為了跟誰見面。反正這
種病無解。還有就是，若有人問我什麼問題。我都很想跟他
說。你知道你現在沒有小孩，這是一件多美好的事嗎？可是
想想就知道這句話是無用的。

我的假婚姻

　　一月六日中午我送走了自己的先生。連送到門口都沒有。他走的時候，我假裝在廚房裡忙。是我把他送走的。我在書裡把他寫走的。我無處可求。無神可拜。唯有在文字裡一遍又一遍把他送走。我沒敢去數我究竟求了幾年。這種在書裡的求神拜佛得花上一段時間。但他終於是走了。

　　他走了我回到山裡。送走了三萬公斤的噪音。三萬公斤不是隨便說說。他在我耳邊灑下的糞土之多，令我成了所謂陋妻。於先生事業無用之妻。不做早餐之妻。不做晚餐之妻。不幫先生洗衣摺衣之妻。簡而言之就是無用之妻。像寄生蟲一樣吸著他的薪水。令他日益乾枯之妻為陋妻。陋妻自我，不理家事。忙於自己無用之創作，寫詩、畫圖等賺不了錢的無用愛好。

　　房子裡剩下我和兒子布，還有兩隻醜貓。一老人貓一少

年貓。沒有任何失落或傷感，卻湧現打掃整理的高潮。這男人十年來吃喝享樂購物，囤積如山的過期欲望，一筆一筆都坐鎮在房子裡。他有一半的身體失去了知覺。每晚關在倉庫般的小房間看電視。找一個女人一個小孩當人生的支撐點。

客廳成了我個人的創作空間。有好幾天就盡情發呆，竟有一種出獄後的自由。原來自己跟一位男人在這房子共處了十多年。被困了十多年。還有十多年的雜物。三分之一是他母親的遺物。三分之一是他弟弟沒有搬走的雜物。我們住在他家人的共用倉庫裡。我就長期被他母親的遺物霸凌著。長出了一種能被擠壓的能力。

反正他走後連動物都變得活力旺盛。我有好多事情要做。要整理陽台。要插枝很多綠葉。要種貓草。要丟書。要享用鐘點打掃服務。還有盡情消磨時間的欲望。想畫巨幅作品的欲望。那束在左右兩側的窗簾，剎那令我看見了家的樣子。我慢慢收完廚房。慢慢把他碰過的東西丟掉。慢慢讓自己的耳朵眼睛鼻子一個個起床。清醒洗刷。用水用肥皂潑掉這幾天和他的所有言語。去掃地拖地。把他的噪音拖來拖去拖乾淨。把我的字一個一個疊上去。疊在他走後的房子裡。若我有在做版畫的話。就把他一次一次滾成黑的。這樣想著

手就不會痠。所有創作上的漫長也都變得踏實一點。因為我有了目標。有了子彈。

子彈在我骨頭裡。我以前用刀。現在用子彈。用廢鐵。

每寫作一回。就換一雙眼珠。換了一雙手。

每寫作一回。我都剪指甲。剪得短短的乾乾淨淨的。我訓練我的手的方式。我的手是槍。我靠我的手過冬。過婚姻上的冬。我偷拿了別人的傘迎冬。秋雨一直下。我常常就坐在這裡。坐在這裡把自己的先生送走。

我找出了生完孩子後封存五年的泳衣。在鏡子前試穿了一下。看看小腹會不會太明顯。看看泳衣有沒被蟲咬了。看看自己的身體。已經失去了年輕時穿什麼都好看的樣子。昨晚看到的是七十九頁。我去游泳。從現在開始那個家庭噪音已經暫時消失。他兩個月才會回來一次。

我開始用針線。縫野芒果。野菠蘿蜜。後來變成我野生的事。我畫的兩個乳房。我去了泳池旅行。沒有男人就是在旅行。我在池底找到母親的頭髮。找到她被醫生剪掉的子宮。也看見了孩子的嘔吐。在深水池裡。上來後去了接了小孩。回去睡在貓的肚子。沒有男人的世界讓頭腦有了休息的船。可以慶祝家裡的貓毛。就算沒有人可以分擔家事。每天

得洗碗、幫小孩洗澡、陪睡講故事、陪玩。然而去除噪音是如此令人樂不思蜀。那令我厭惡的聲音走了。我兩個月才會回來一次的假婚姻。也搬走了每天早上吵醒我的過敏抽吸鼻子聲。終於搬走的白天和夜晚的噪音。終於搬走的作為人妻的義務。我感到成年後身體的自主。身上的零件都是我自己的。

　　我一路騎過公園經過一座簡陋的石頭神廟。就跪在那裡。無聲地看著一排排的神像。求神讓我兒子平安健康長大。讓我安靜地收拾。收出自己的世界。人生要有大把獨處。這樣才不會白活。一團團的紙屑。慢慢地摸著貓舔過的口水毛。慢慢消磨掉的時光。那些貓毛刺中了我的心臟。這種沒有男人的生活令我很穩定。

　　我可以光明正大地躺著做白日夢。沒有人會罵我。可以在任何時候佔用餐桌看書。不管任何時候，我感到一種再見。一種告別。每一件小事都可以振奮我。比如說插枝。或是從一些無意識的線條開始。我找清潔婦好好掃了十年沒掃過的床底。她花了三個小時整理好了房間。我們平常都和三公斤的灰塵一起睡。他走了。我也清走了陳年灰。還清掉了一百多本書。換了現金三千元。

用寫實手法寫婚姻生活是沒有意義的。寫男人的無知幼稚是沒有意義的。為幸福定義也是沒有意義的。只要拋棄男人，一切都會變得明亮。每天清理垃圾。每天吃飽一點。每天澆花。把三個陽台的花澆一遍。消滅男人的名字。消滅男人的身體。讓你的手碰到水。把自己好好澆一遍。

　　他走了我才真正的住在這房子裡的。真正活在這塊土地上。把牆壁變成自己的剪貼簿。騎著貓。在家裡慢慢地掘一口井。豐饒的沙地。冒著熱氣的沙灘。挖一些沙。一些沒有用的東西也好。我要光明地做無用之事。去住在桌子裡。住在浴缸裡。住在自己手裡。從這裡住到那裡。從這裡住到海上天上。他走了。花苞都壯碩起來。白天也變清晰。牽著我的手。

　　他走了我就想做一件慶祝他走的作品。因為我從遊樂園回來了。從女人的乳汁裡回來了。曬過太陽的床墊也回來了。他走了。時間一條一條變得清楚。熊熊大火終於熄滅。我終於看到了那座野生公園。那樣自由地長高。有青青的豆莢。長到天花板去。連我的生命線也長長了。膝蓋也會走路。牙齒變強壯。

　　他走了。十年的婚姻走了。在渡口。字母坐上了船。紙

終於睜開了圓圓的眼睛。耳朵的積雪融化。剝落的光重新上了亮亮的金屬漆。每一棵陽台植栽的樣子都變得清晰。從深海裡被撈了上來。所有的厄運在他走的那一刻終止了。我不覺得累。強大的黑色或白色。乾掉的玉米粒。陌妻的夜晚。打翻了麵粉。打翻了白米。兩隻貓黏在地板上。在天橋下面。在星星的地板上。我終於可以爬出地板呼吸。

我長大後的餓插在那美麗的生日蛋糕上。他的髒腳印走過我的詩集。走過昨天的報紙。被他丟掉的我買的一堆雜誌。我在夜裡出去看狗。看她身上沒有鐵鏈的樣子。我吃貓的毛進去了那首長長的詩。我想要寫他對我的責備。比白菜。洋蔥。斷掉的樹枝還不如的責備。這些責備吹出呼吸的聲音。吹出活著的聲音。吹出我路上的失敗。也吹出我了的孩子。

我現在過的是一種變大的生活。我新買了一張簡單好睡的沙發床。我逼不及待想撿一些垃圾回家。過一種靜止的生機勃勃。就在那隻貓耳朵的帳篷裡。有了新鮮的幻想。柔情蜜意的幻想。我碰到貓溫暖的手。就感到精神的鼓舞。精神的靈魂。精神的月亮。我端詳貓身上的地圖。看見逆風而行的騎士。卡車司機的大肚皮。看見我過世的舅舅。還有無人

問津的自己。

　　我假裝我先生一去不返。這是我人生反叛的高潮。我假裝自己住在旅館裡。我想要一輩子都住在旅館裡。在大廳裡舉目無親。

　　我年輕的時候身上帶了一百公斤的炸藥。到了圖書館的大桌子。在書裡放藥。

　　旅館上空。床的上空。有一位詩人。幾隻貓。

　　那野生的幾層書架。幾本詩集。野生的舊書堆。

　　天降下黑幕。野生正要開始。正要成形。

　　睡不著的血管。戲要開始了。窗簾完全拉上。

　　那些字住過的房子。各種字型。還有黑色斑點。大鈕扣。

　　線走過那個洞兩次。才穿了進去。

　　尾聲的肥皂。滑掉了。後來也被沖掉了。卻一刻比一刻更香。

　　我媽媽給我的野草在山上走。在太陽裡走。在血裡走。一去不返。

不如出去找貓

我找了個破花盆。先剝掉爛泥。洗淨。進去。

一定會迷路的欲望。看似井然有序。一個接一個。

一本接一本好像不是我要的書。先看了目錄。把自己送到最後一頁。送到結尾。周而復始。

再不斷上架。分類。都是海。翻動頁面。在上課。

閉上雙眼就到了傍晚。我已經畫好了。我像狗的貼紙。

畫好了。在白天的蠟燭。把字寫在那裡。寫在它的背面。

那兩個字下的火光，到了早上就消失無影了。像不曾存在過一樣。

我在做編織。無用的編織。

那用黑髮編織成的地圖。用笑聲。用命運的力道。地圖的入口是一片蜻蜓的薄翼。薄如蜘蛛絲。用這些包圍我的野

貓。牠們的手長出的藤蔓伸入沙發。難以掙脫。

我剛吸一些貓味的藥。換上乾淨的衣服。住進乾淨的箱子。

舌上啃咬出小溪。捅進貓的睡衣。

這是生命的縮寫。四濺出來。這是加大的房間。沒有鎖。

有一張鏡子。

我不需要男人做飯給我。我討厭做菜洗碗的家家酒。我討厭扮媽媽。我不用那種有花邊的。

我替你塞了把槍。我是假的老師。我會教你。坐在你旁邊。把你擱在沙灘上。擦一百次地板。這是加糖的欲望。不是真的。這是畫上去的刺青。會消失的。這也是借來的臉。不是我的。穿了毛衣。看不見裡面有一群孩子。看不見裡面的那隻醜貓。

我討厭和別人一起睡。我床上只有那隻貓。那隻醜貓。冬天的時候有兩隻。我不會為任何人生孩子。不要任何人抱我。我不要被變成兔子。不要你睡我旁邊。不用你把我扮成公主。這只是借來的床。借來的枕頭。

那裡有兩間長得很像的房子。兩隻很像的鳥。兩隻很像

的貓。樹尖。露珠。兩本很像的書封。很像的人。幫我拿舊
報紙去鏟貓砂。用腳底摸貓。每天洗擦眼鏡。我們都是被厚
重眼鏡附身的人。一個月很好。一個月不會鬧翻。不會吞吞
吐吐。一個月思想簡單。用一個月的想法去做一件事。不佔
座。不亂。曬好了襪子就可以往前。

　　台灣的中文。放入準確的發音。眼珠側面。成千上萬的
材料。漏水的洞我翻了身。現出一口井。畫歪了。把手指放
上去。回過神來。是全黑的濕潤。全黑的出場。全黑的轉
角。全黑的致意。底層的湖水結了層冰。去找字典裡的字。
字典裡的白天。門口就站了一個字。從字裡透過來的緩慢。
進入我的髮圈裡。進入冬天的襪子裡。那句子裡合起來的。
合起來的冒險。

　　這堂中文課本兩本。寫滿筆記三頁。我明白了他們的苦
悶。明白了你的苦悶。抱來抱去為的是掩飾你的孤獨。掩飾
你的惶恐。我無藥可救。透出你的指尖。套著你的救生圈。
身上的零件滴答滴答。聽見你旋了幾圈。缺了幾個口。撞向
我的眼神。

　　為你的時代滿意。為你的命運滿意。為你的目光滿意。
為你的雙手雙腳滿意。一個晚上的生米。我們不煮飯。晚

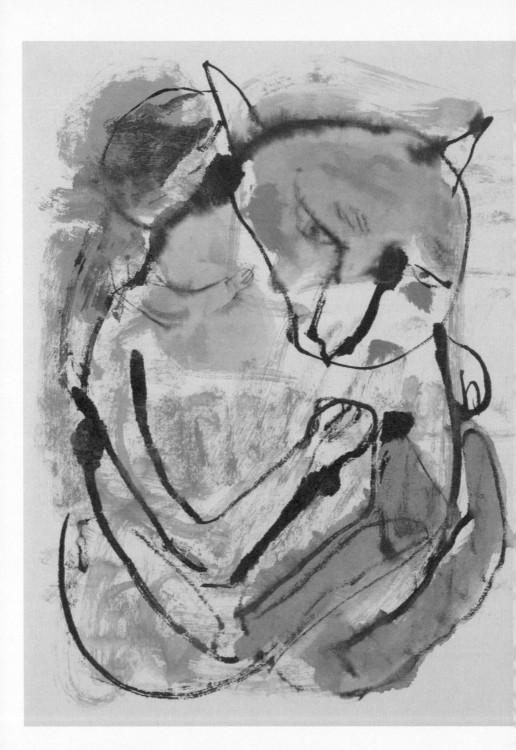

了。月亮偏東。剛洗過的嘆氣。剛洗過的臉色。碗裡有一些泡沫。一桌的紙。一桌的書。洗完了。擦乾了。生疏的破綻。生疏的矜持。

布拿一個箱子睡。棺材形的箱子。他的避風箱。柔和了的。箱子裡柔和一片。柔和一朵朵。人的童年只需要睡一隻箱子。

緊繃的口袋。重複的緊繃。腳尖。陰影裡的結網。縫間的燈罩裂了。拍下神給的黑色。黑色的中間有白色的星星。白色的心臟。我們進入的是一所學校。有一點嫵媚的學校。發紅。千絲萬縷。人需要一張好嘴。好的心跳。好的味覺。讓你可以吸到貓的顏色。也保有精確。果斷的刺進去。短短一天。短短一刺。洗淨。加熱。冷卻。

這只是一間用椅子蓋成的旅館。已經開始長草了。這裡可以洗澡。可以消毒。可以換衣。我有一個小窗戶。這樣就夠了。習以為常就好。掉了幾根長頭髮。一個光著的身體。戴了一個頭盔。跌進長長的雜草之中。就是這幾個晚上。用雙手在這個廣場上工作。刷完浴缸瓷磚。我把蚊子用力打死了。揹著槍的蚊子。滾落在地上。我喝光了那隻貓給我的乳汁。我子宮也要睡覺了。幫我扭亮小夜燈。讓風吹涼衣服。

這是詩人旅館的夜晚。

我們冒雨去公園。豪雨。沖刷在眼鏡頭髮上。狼狽的沖刷。神落下來的玩笑。嘩嘩的人生雨勢。落在紙上。打在一棵棵樹上。我們手牽手。大雨從天上來。正運往那間乾涸的房子。還有一堆碎炭。準備給你燒柴。準備給你一身通紅的溫暖。

我總算洗完了碗。這些碗可以拿來作白日夢。真實是無趣的。真實的男人是無趣的。內衣是無趣的。要爛幾個洞。要沮喪幾天。我永遠討厭家庭生活。跟哪個男人要是出現一點家庭的味道。那就不刺激了。把被世界用舊的身體包起來。晚上想到你的白色逛逛。洗一洗平常的鞋子。說不定也可以擠上你身上那台馬車。我打聽過你。在畫紙上。那雙腿在晃動。大顆的星星。大滴的血。靠了岸。那黃色氧氣筒。黃色的氧氣。黃色的人體。

三個月過去。我到了第三章。我還是無業。穿一件白。穿一件明天。我缺了一塊。我去餵動物。太陽照在右邊。安慰了我。動物是這樣。人也是這樣。手也是這樣。人身上原始的花樣。原始的骨架。我手上摸著的是陰天。有細小的點。尖狀的點。

我們觀看彼此無聲的演進。尾巴的運動。肉眼。肉身的張力。觀看彼此的爛泥進入森林後變成樹根。變成大地。變成三頁。臉對臉碰到了膝蓋。嚼出了身上的任性。身上的頑固。按著你身上的棉球。你的油膜。油脂。寫一份近視。靠近你的圈。

　　我們終要散場。先從眼裡的散場開始。一半的時候我們笑了。一半的時候我們照了鏡子。故意弄壞一點。不完美一點。把陰溝填上泥土。種上萬紫千紅。指縫間的沸騰。不知游了多遠。不知重逢了沒有。作為房子的鋼筋。緊閉的。高聳的。多刺的。

　　這場婚姻已經久旱無雨。一片風沙。我在自己的閣樓上。跟貓。跟已故的貓魂。掃射白天的堅強。人不是生來被打敗。也不是生來要佔上風。我摸著老人碩大的魚骨。想著老人空船而回的八十三天。生命的荒謬。沒有一個生命是可以被忽視的。沒有一個生命生來要受苦。跟病街貓相較。人的煩惱都可以死後再說。

　　老人的魚骨刺在我鞋子裡。老人的眼珠在我鼻子裡溜來溜去。這裡沒有人是一隻貓。偏偏我是一隻貓。腳底有無聲的軟墊。上面寫了輪迴。寫了被關在裡面。刻了這個點。魚

骨在融化。方方正正的融化。

　　我用我的句號踩出了一條路。踩成了機器上的鐵。我的後面有狗的腳步聲。我開始找貓。不是找男人。我剪自己的頭髮。做自己的衣服。就剪了一本舊字典。

　　在台北這座城市你不需要男人。你只需要你自己。需要聲音的彩虹。文字的彩虹。我的笑聲變得越來越笨拙。對話也不再流利。硬的嘴硬的唇。七點半到八點半。我早就不管男人。被我運走的床。那根針。在酣睡。太陽照著就出了汗。那找了十年的針。一下子掉在地上變成碎瓷片。被倒進垃圾桶裡。一眨眼就消失了。那身上的鐘樓傳來趕路的聲音。初春的盛開。拔地而起的盛開。破窗而入。直到小小的碗溢出來。淡淡的舌尖變紅。老練的手。摸著鑄鐵的花架。在乘涼。我還在適應一種新的媒材。還有，這被我壓成方形的自由。咬濕的自由。

　　我一定要去看那隻眼睛。要進去那隻耳朵。爬上去眺望那座山。

　　散場。不如昨夜清晰。不如砍柴來燒。不如出去找貓。

去走一條我很熟的路

　　我終於戴上了手套。乖乖去洗碗洗浴室。洗廢置的浴缸。因為一件白上衣而振奮。因為插花而振奮。到停車場傍的野樹叢剪了幾株不知名的野花。剪了幾枝安靜。幾片風。擠檸檬喝沙士。繼續洗。洗心臟洗地板。洗自己的勞力。我孤獨地出了一身汗。挺著腰。

　　我做了一床的勞力。一腳泥水。我身上的容器變成擔架。搬運孩子。那一池的浴缸被時間拉長了。我已經很久沒去探望過那個器官了。走到地下室打開眼球。我伸手去拿摸那隻貓的眼睛。大概這一隻眼睛已經變了。鐵路的轟隆聲已經跌入湖底。

　　等水滿了。我要換一件新的毛衣。

　　我讀的這首詩沒人喜歡。由白到黑字。黑字到廢紙回收。詩是無法穿上無法用上的東西。熱是都市水泥牆烘出來

的。烘在女人的雙手雙腳上。乳汁滲入女人身體的山洞。溺死她自己。

詩還是無用。很抱歉我不懂詩。我書讀的不多。五點半。我的詩長了腳。緊緊地踢上了門。在黑糊糊的文字裡，不需要眼睛。不需要雙手。走丟的眼睛。我畫了一棵眼睛樹。無法被打碎的眼睛樹。那是被他們潑出去的遠山。他們永遠都看不見的遠山淡影。

我是在替我先生看家。這還是他的房子。我沒有任務。這個月把清空衣櫃做為一個目標。只留下我。我和我的貓碗。因為我比誰都想和貓交談。和貓睡覺。清空是一種希望。不是詩人的絕望。現在流行做更好的交代。因為命運頑固無法溝通。我也只能即興地做一些還可以做的事。

那二手裙上寫了幾行字。不要把它縫起來。不用洗掉貓身上的斑點。我佈置好了聖誕樹。野花束。燈光一明一滅傳來遊手好閒的聲音。

與其滿腹牢騷，不如找個位子坐下。我們留在地面上的外表坐好了。坐得端正。我沒有過問。別人的好事不會轉嫁給我。別人的霉運也不會空投到你身上。我身上戴的是鍍金的假項鍊，沒有人會看得出來。美化過的幸福，也沒有人知

道。醜化的不幸，也沒有關係。

　　此時我對很多事都失去了興趣。對人的面容穿著也都視若無睹。憑耳鼓去感受對方的聲音。感受人的輪廓。孩子代表的是母親的妄想。母親們講的那場痛。我無意去助長這些。我換好了衣服正準備去散步。去走一條我很熟的路。

　　我們的雙手抬起了自己的衣物。走在前面。走進火車洞。衣物讓女人感到外表上的安全感。沿著衣物的外側，像一條星光大道。雖然最後會被狗咬爛，到所有物要去的地方。那樣即興的分泌物。讓女人結束沮喪的分泌物。有時是開始一天的分泌物。我見過。你也見過。這就是一種病。我對貓的朗讀也是一種病。從鏡子裡拿下來的女人。從圖書館裡拿出來的磚塊。加上你自己需要的幾塊抹布。人就這樣在痊癒中，也在發病中。

　　你曾在這裡養傷。在這裡裝扮成女王。在這裡睡到明天早上。假裝對未來不在乎。

　　我感到他們叫我的餓，特別大的星星的餓。

　　可我要的不是那個。我跳上了。跳上了貓背。我還得去幫那些畫布打耳洞。幫它洗洗腳。洗洗頭。還有四隻腳。畫上一條要去海邊的路。走那條我很熟的路。會過一個橋。遇

見一個眼睛。還有一個人。在那塊版子裡。我只能先告一段
落。我得爬出棺材。我得蓋住自己的名字。

我是新妻子品種

　　你會變成藤蔓。莖長出刺。一路往上捲。那株大樹，或許就是你先生。你很難獨立，你的身體是軟的。得有支撐。

　　我多年不看命了。對命運沒有好奇。我沒有問題。我已經讓自己的命復活了。怕冷的山找到了一塊石頭。有雨水溜進上面的縫隙。上面慢慢長出了青苔棉被。還開出了細小的白花。小白花在陽光出現時就消失了。它的一生沒有人見過。命運。就得不停地復活。想辦法復活。

　　我是新妻子品種。穿破爛牛仔褲。一雙貓的眼睛。沒有禮貌不叫公婆。喜歡餵貓餵狗。搞到滿地食物碎屑。跟蟑螂螞蟻貓砂一起睡。他們要來審判你這不安份的人妻了。鬼握了你的手。牽了你的手。別唱了。別叫了。麻煩來了。用貓的手吧。沒別的路了。叫貓來。走就走吧。叫北風好好欣賞

我的貓。看多幾遍。

男人心裡都有當英雄的欲望。當幫人算命的英雄也好。以為自己走在大路上。正在高速玩命。這一夜我只想當一隻螞蟻。躲在人們看不到的地方睡去。英雄和我無關。我覺得自己很乾淨。一路無語。吸著氧氣。把身上的垃圾都掉出去了。在那個時間午睡。在關節裡游泳。把自己安置在貓毛小船上。再等我一下。

那裡，一直到騎馬下山。我才被驚醒了。路啊。山啊。我正要騎去哪裡。我撞到野狗。我突然醒來。對著兒子的玩具發呆。誰說沒有人死。他們到了另一本書裡。換了幾個名字。夾在書頁裡。

那裡，我要去吸最近的花蜜。化成一個湖。

不要弄傷我柔嫩的身體。

不要每天都來這裡張望。

不要把花盆打破了。

這孩子不知從那裡跌跌撞撞來。跨到媽媽背上。

牢牢地釘在我背上。嘴裡還發出哇哇呢呢的聲音。

太陽拿著大剪刀。來幫我上藥了。

我斜著身體。不爭不搶。排著長隊。

一些野花已經開了。比夏天的還細一點。

太陽退了。我斜斜的曬乾我的翅膀。反正我翅膀太短了。不會飛。

吸了一些含糖質。一些貓的足印。

懷了一點希望。粗黑的兩排。

等我把油墨印上去。水都沖不走的。等我翻過一座又一座山。

等我哈哈大笑的舌頭。割破了我自己的臉。

等我的棉被跟我握手。

等我印了一張新的臉。這都是用普通的紙。

那一顆一顆的黑點。長出刮刀。長出蚊蟲。

剛長出的新鮮就掉在這裡。嫩嫩的。一摸還是溫熱的。

就印在小孩的身上。這不會潰爛。多細小的線條啊。剛剛好。

我從那裡聽過你的名字。從腳趾間瞥見你的名字。

從石頭臉上看到了。把嘴湊到石頭耳邊。

吸了一口。這些疤是給你的。

這隻貓是我的。這些疤是她給的。

我的手回去了。

我沒有拿那把大剪刀。那間小房間。

我放眼望去。沒有看見眼睛。

外面已經出太陽了。沒有看見顏色。

我媽媽的眼睛來了。摸在我肩膀上。

這房子的一半不要拍。那些是我先生的東西。用一大塊布都蓋起來了。這隻貓過了四年。吃了我不少高級飼料。還老是盯著我看。

四。六。四年。六個月。

超過這些數字的溫暖。超過文字的體積。超過房子的時間。超過任何人類。

是不是詩人這件事跟生活無關。我打字作筆記。裁紙。作圖。餵貓看貓摸貓抱貓吸貓。

我仰賴貓。比詩還多。是不是詩人不重要。是不是被人記得也不重要。

我在這裡抬頭看見我的貓。感到神給我的光。紮紮實實地坐在貓的身上。

我正騎到下一頁。我在做手工。我的腳穿上了貓的毛。

我在排月曆。黑色排好了。紅色排好了。可以從這裡跑下去。小房間。一道又一道門。像蝴蝶那樣沒有聲音。我這

裡滿桌子紙。用兩隻腳站好。兩隻手扶好。

那床單是空的。被攤開來。

鞋子上的孔洞全印在我的詩集上。

用雙腳降落很安全。

詩人。讀完詩沒有錢。沒有掌聲。不用證明什麼。詩人就是不用管詩人這件事。想寫就寫吧。誰敢說你浪費時間浪費生命。不用解釋。不用被人安慰。詩人有三頭六臂。各有奇才謀生。

變成腫塊我可以幫你上藥。紅紅硬硬的也沒什麼不好。痛不了。死不了。等你踩過去。舌頭也聽話。沒有往事。往事的氣泡都破了。你還不能結束。

我做了三個夢。三個都是好夢。被弄壞也不怕。就算是冬天連日的雨天。我還是鍥而不捨地洗了一輪又一輪的衣服。直到衣服變清新。重新上色。他走後不用等雨停也可以洗衣。不幸福也可以好好洗衣。洗衣就是一件命好才可以做的事。放過我吧。我只會像狗一樣吠著令人討厭。吠著吠著令人嫌。吠到地平線去。老人貓很快就入定了。她喜歡獨白。好像完美無缺。把問題存在她的毛孔裡。換換空氣。我喜歡這種臉的母親。貓臉母親。好好看過了這種臉。就可以

很安心。

　　那是真的雨。我睡飽了。睡了八個小時。什麼聲音都沒聽見。那兩隻貓一大早就在巴噠巴噠的挖沙。扭打。吵架。不管做什麼事。兩人都要吼來吼去。貓是全人類的借鏡。全人類的榜樣。懷疑人生意義時就去看看貓。狗也好。

　　像貓一樣喝水。關窗。流汗。梳自己的毛。

　　我的碗我的毛筆好像再也無法復原。沿著貓毛逃出一條生路。

　　我不肯定幸福還在不在。叫我的痘痘快走吧。我沒錢養它們。找更肥沃的飼主吧。我也養不起蟑螂還有貓跳蚤。去找別的親人吧。你不會沒有親人吧。

　　你沒事幹不要找我。也不要找我的貓。去旅行去外面吧。

　　為了浴室的牆。為了魚的鱗片。太陽已經變紅了。你看。

　　陽光不刺眼了。

我現在在放假

我現在在放假。吃飯不用洗碗。我喜歡這種不安份的穩定。要有一點枯燥。縮小成身上的斑點。緊緊叮咬在你原來潔白的肌膚上。成為身上有瑕疵的人。藉著瑕疵成為一座孤峰。這座山被我畫得很瘦。殘山剩水。雷聲很大。房屋已被拆去的荒野。這段是貧窮的一段。無光的一段。我也不怕的。這是我的第二張臉。在小桌子上。準備要寫作。

這腦流過早生的華髮，長成了人的外形。原諒我三句不離貓。畫也三張不離貓。急也沒用。你打造出來的幸福在馬桶裡了。多半是這樣。你的時間被淹沒。你一做再做。掃不完的。除不完的。報紙是用來清貓砂的。那些名人的臉沾到了貓屎。報紙上的人。我要把你拿來滾油墨了。我要幫你抹上黑色藥膏。我的厚眼鏡才不會生病。

我昨天借了我的器官給你。給了我的臉給你。掉了我的

臉給你。臉活得太短了。臉的水無聲地流下。那麼輕的水。那麼輕的一句話。才是一座山。一筆一劃一層又一層。筆法細密。長在我身體上。有幾筆風。幾道濃蔭。乾枯的只是外表。小小的夜景。細細的光線。這身體是我造的房子。我母親的村子。我外公的村子。我不喜歡頑固的鄉愁動不動拉扯我的衣服。這身體一條是山路。一條是海線。圖很小。有兩層樓。

他說你將就一下男人吧。我先生在吸氣喘藥時候我在吸貓。

將就一下男人嗎。跟他玩傳球遊戲。跟他玩閃電。你不會反對吧。

你對他放了一把火。讓他從動物變成植物。變成根莖植物。

劈開了。你身上復發的洪水好輕。太輕了。被人一口就吹走了。

把那洪水傳過去。別讓它掉了。洪水洶湧。不厭其煩地躲在人的身體裡。

被你碰壞了。朝你猛衝。玩得盡興的。都是詩人的孩子。

玩著地球繞的大圈圈。拉起又放下。玩著月亮的引力。

洪水會再度注入。身體會再度填充。汗水點綴了引力。成為整地的一部分。肥了幾根野草。

你理當成為一條狗看看。隔著眼鏡我說。去冒出漆黑的眼珠。去忍著少年刺痛的液體。去把每一個唇形都摸過幾次。在那個角度思想重疊了想法。意志重疊了意志。夢重疊了回憶。把髮根扶好。每個字都插得很深。解開的結鬆開在耳膜上。

誰不是從女人的肚子長出來的一絲薄弱。你洗掉了你身上的小母鹿。你生前寫的字。插得深的字。生前的聲音。穿過唇舌的聲音。那些是你的祖先。他們都來了。在你床上。就此別了詩吧。不用再小題大作。當晚上布的口臭味撲上我。怪我關掉他的電風扇。當我在半夜雨中醒來，浮現狗的模樣。我的工作變慢了。什麼都放慢了。這是什麼畫？你媽媽的畫。看不懂的畫。

這裡一共我們四人。含貓當然。三個窗戶。滿是灰塵沒有洗過的紗窗。台北的醜地景被貓的樣子偷走了。被貓換走了。我的胃被貓偷吃了。又三句不離貓。餓啊。馬桶抽水壞了。唇乾裂了。布身上有一把小喇叭。他說他在爸爸的書包

裡。人為黑夜編寫了很多故事。為黑暗找理由。為月亮寫了很多詩。貓的黃色肛門。橘色身體。我就想畫那種身體。可以來去自如的線。

我需要一些興奮劑來維持我的創作。回去找那個陌生的房東。找那洗澡的房間。找青少年的腳踏車。我正在貓的床上。在世界的床上。時間的回聲把那隻狗綁在我身上。我死命地摸那隻狗。好像這樣他可以原諒我。從那以後字句都變老了。感到小孩子的真。感到說出準確的句子很困難。久了大家都是這樣。掙生活騙生活。有時候覺得自己是母的。或公的恐龍。又覺得這些都無所謂。瘦不瘦也無所謂。沒有性生活也無所謂。只要有貓那種興奮劑就好。可以把雙眼弄乾。讓每個字盤旋飛舞。飛掠而過。成為野鳥。

我站起來。又可以開始掃地了。不需要去找月亮借我。

把桌子椅子通通移開。我吸的貓味備妥了。我的藥。蔓延到我身上。一圈一圈的。可以開始寫。這些是被吃掉樹根的。還會長出下午。下午的發音比較低。這些不幸的土地。沒有雜草叢的土地。我腦裡有壞的線條。埋在紙裡。沒人說。來這裡是為了錯開一切。把一切都錯開。都成為偶然。

難道你還要寫詩嗎？我的老母親是對的。

有時候我會問貓關於寫作的事。她說確定你的靈魂可以安息。確定你的靈魂沒有問題。靈魂不用將就男人。時間會打出這些句子。時間把耳朵貼在你的靈魂上。我都在那裡玩。站在床上。踩在床上。大部分的時間我都和貓在一起。沒有別人時可以寫作。

　　你太老了。一刀一刀的老。許多過時了。許多失敗的。

　　就這樣寫起詩來。詩不會反對。詩不反對你老的樣子。

　　我的藥。在我手心上。在我腦髓裡。在圖書館裡。一本一本。倒完垃圾我又可以寫了。洗完碗又可以坐穩了。把腳伸進貓的肚腹下。我的藥是醬油、冰糖。還有除濕機。還有我的小髮夾。黑色髮圈。等我用完藥。大概也傍晚了，小孩也回來了。

　　我把我先生畫成一個橡皮筋。外面在放煙火。把人擠成一座形狀。變成一座形狀。我用我的藥來治他。不管他反不反對。只要你相信我，我就可以寫。幾條線就可以把你畫出來。幫你畫上白皙的胸毛。跟貓一樣。玩夏天的形狀遊戲。接過畫筆今晚的問題就會離開。你的野鹿會破蛹而出。一切文字問題都會滾落枝頭。我們不用再去誤人子弟了。以詩為正途並不貼切。難道你還要繼續寫詩？去當貓狗的義工吧。

逢雨天就大睡。逢節慶就躲一躲。這種反家庭的人還沒來得及被掃入垃圾車。就繼續亂唱亂寫吧。

在這個月亮不圓的地方，放馬過來吧！櫻花我看過了，放馬過來吧！

請問你的病名是什麼

　　我先生回來一週後又走了。那天早上，他六點多就起床。我醒了，在床上聽著他的動靜，一直到他推開門出去。我又重生了一次，房子、桌子、椅子。全部都重生了一次。這間房子，是我、一隻老貓、一隻少年醜貓、一個學齡前孩子。也是三本書。圍繞男性缺席的三本書。跟男性無關的三本書。

　　我像配了新眼鏡。又像翻了新泥。頭腦正蓄勢待發。玩具的正中央是那隻老貓。隨手皆是廢紙。不是真的廢紙。上面有無數的小燈泡。等我去把它們剪下來。太陽已經紅了。孩子的雙手雙腳也抽長。少年貓的肚子是白色的。我吻她身上的四種顏色時就聞到了強壯的味道。這是生活最好的狀態。空間裡只有一位成人。孤獨，才不會走錯了路。把刀子舉起來，版畫刀舉起來，深深地吃進那淡淡的記號裡。淺淺

的圈住，成為一張圖。成為通紅的陽光。那裡，刻了一顆牙齒。繡了一朵花。牙齒先睡了，那朵紫花就挺了起來。我舒展了雙手雙腳，身輕如鴻毛。準備戰鬥。

　　我知道海裡有水。外面有雨。有颱風。屋裡什麼都沒有。他罵我活在這樣的廢物自閉空間，和社會脫節的空間。他們的前途不也白茫茫一片。一遍又一遍的外出還是白茫茫一片。新眼鏡新衣新鞋新電視新手機也不管用。我自己慢慢地摸索，磨利了刀子，慢慢地磨。給自己送一盆溫水泡了腳。泡了雙眼。熱了雙手。開始刷油漆。一遍又一遍地刷。在這個滿頭大汗的時候我感到自己被吸了進去。吸進人最本質的分泌物裡。吸入孩子那飽滿尿液的尿布裡。感到窒息。摸到了那塊對父親的恨。那個頑劣不顧流浪貓死活的父親。我感到自己身上的零件只剩下汗水，恨在彈跳。天刷一下就暗了。把髒水嘩嘩潑出去。

　　我幾乎每天在洗衣。在整理衣物。

　　裡面還是白色的太陽。漲紅的器官。閃過的唱片。人工的空間。

　　取笑我自己的反叛。自己的興奮。孩子還是往我大腿靠。往遊樂場去。往學校去。男人都走了。

只剩下我和孩子在迷宮中。調到前線的父愛已經陣亡。

孩子說那是巨人的槍。一切都被燒死了。那是孩子們輕易建立也輕易的毀滅。

我原來要做的事正光著腳。一切沒有上妝。我還是那樣光著腳。跟貓對話。我身上正在滋長不孝的惡果。母親還是在意兒子的樣子。不是女兒。他們一起坐船到河上去。我穿著破衣破褲。慢慢舔貓的手。人們潔身自愛。力爭上游。早早就出門去賺錢。讓五官上更多的農藥。讓農藥在河上漂流。俐落地做好一箱箱食物。一片片切好自己的人生。

我用心佈置陽台洗衣間。跟野鳥野貓對話。還有我插枝出來一模一樣的植栽。人也可以這樣終其一生。像蜜蜂會躲雨。蝴蝶會躲雨。其它時間漫無目的。漫不經心。還年輕可以開玩笑。老人更可以開玩笑。年輕有力氣吵架。老人成為不讓自己掉下去的守望者就好。學會愚昧。學會死後再說。

我正在洗一行行的汗水。過往的人都回家了。我可以更老老實實地洗。洗這身殘餘。把衣服穿出去。浴室也窄了起來。縮小了一輪。除垢力強的粉紅色小船，正消耗你自身的清洗強迫症。我上了夢裡的馬車。上了洗衣間的垃圾馬車。注定清空的車子。注定清空的身體。人在清空的月份。很多

垃圾可以挖出來當罐頭。可以抄出來當字典。世界上還沒有任何人類能超過這隻貓給我的愉悅。我注定孤獨。孤獨不是壞事。你可以趁陽光還吸附在衣服上時去收衣服。可以雙手飛快敲打鍵盤。所有積在良心上的疲累積在肉身上的欲望也不是一個男人可以處理的。女人要忍受家事。忍氣吞聲。男人常理所當然。被分到一間房子。被分到一個女人。被分到一個孩子。還有一台車。不少錢。我什麼也沒有。只要能在家裡當孤獨者就好。

髒或不髒的衣服在裡面旋轉。孔武有力。這太空船可以清除掉人的穢氣。只需要連結一條管子。人分泌的液體都可以被五彩泡泡分解。人在地上的一生也可以變得透明。這世上的一切都和洗衣相似。不論接吻還是燒焦都得洗。遵從命運的方式就是洗衣曬衣收衣摺衣。這些都好好去做。再去寫詩。再去吃甜食。去呼呼大睡。去把衣服脫掉。就這樣悄悄地活著。

這個月是休息月。是洗衣月。是抽回去的一雙手。我日日誦安葬的悼詞。能除一切苦的悼詞。在這裡裝模作樣。撤回對人生的一切攻擊。認真收集自己的笨拙。收拾總是在掉毛、掉髮的地板。我平常誰也不聯絡。最常聯絡的就是那隻

貓。平常的果腹、行走坐臥只是把自己化為一些數字。一條香蕉／一杯咖啡／兩片吐司／十杯水。不用理會其它人寫了什麼、演奏了什麼、吃了什麼、說了什麼。

日日洗衣誦經能洗去災禍洗去物化的一生。日日插枝拈草能讓眼球、眼窩、淚腺、手指運動。這是詩人的日日功課。為詩刻的刺青。為詩挖的樹洞。為詩喝的水。為詩吃的飯。從人的惡意中挖出詩意。挖出一間空的旅館來休息。用手，用看不見的尾巴。

路上車身如此搖晃。一切想法突然都變得不可靠。這裡的夕陽沒人在看。也沒人在笑。人在這個時候變成飛不動的鳥。用鳥叫的聲音交談。呼叫那個人類的肉身。洗衣間是中年女人的房子。第二家園。洗到變形再拉出來攤一攤。這樣消毒生活。消磨生命。也消毒自己。練習心跳。磨損掉的外皮。過量的都交給洗衣機。

請問你的病名是什麼？你去問那舔毛大軍，她的病名是什麼？她躺在我脈搏上一遍又一遍舔毛。每天精力旺盛地舔毛。這就是一種病。聽她磨牙。手指在作夢。還拿刀子追我。用洗衣的髒水畫出主婦的樣子。我小時候生日的時候，我媽媽給我五塊錢。教會我洗衣。海潮猛烈時可以洗衣。可

以搭船。回家可以安心。不回家也可以安心。

　　我是跟那隻貓一起出生的。一起貼身取暖的。所以我是假的。他走了我才復活了。裝好自己的臉。我渙散在那個有毛的箱子裡。放聲大笑。那隻貓已經變成我身上的衣服了。我衣服的鞋子了。我樹上的花朵了。那是貓的東西。我追著她們。跟她們一起走。她們高興的時候會唱起故鄉的歌。一遍又一遍地唱。把一座山都唱掉了。那樣唱出你正常的雙手雙腳。讓你正常地奔跑。

　　我就這樣日日被貓敲醒。貓在洗臉。看貓洗臉你會感到安全。看貓準時洗臉準時睡覺。看貓去游泳。然後穿上最厚的衣服。你也要會想要一雙毛的腳。跟貓一樣的。走在地上無聲。

　　我是一個騙子。我用貓的毛來寫詩。他是我的另一個身體。我一半的體溫。

　　寫作時他變成了一個小嬰兒。跳進我電腦。變成平平常常的床。

　　我和他睡。編好自己的毛衣自己的心跳。

　　我到底成為了什麼。我已經換上了好答案。好毛衣。

　　被風吹掉的詩一張又一張。何必寫詩？何必自以為感

性？何必哭？何必等男人？到了。看到了吧。想不透的事。
不知道的事。那些用爛的字。走下了樓梯。信步而去了。

　　我清空自己的衣櫃。我忘了這裡曾經是我婆婆的。我現
在竟然可以在這裡面佈置洋裝。擺設花朵。

我在用藥

　　我在用藥。不要吵我。不要踩到我。我用的是瘦的藥。

　　我先生走後，我把自己變瘦。把自己變瘦是一種意志。
我帶我的膝蓋去游泳。像動物那樣涉過水面。像蜘蛛那樣游
泳。生活在毀滅，也在復元。跟貓走。走不完的。三句不離
貓。沒有人受得了。放馬過來吧。我游完了一個冬天！我沒
有故鄉。我就是一個人。不會煮飯不會切菜。我就花錢去泳
池。做花錢的運動。

　　瘦擦了我的嘴巴。瘦知道這是我的詩。我要的日復一日
的苦行。瘦咬過我。貓走過我。瘦親密地靠過來。把我拉向
泳池。一行一行的字在水底下糊開。用水把肥肉削掉吧。我
沒有再多想。就這樣每天去報到吧。成為一個孤獨的泳者。
用瘦捆住自己的泳者。泳池是城市人的池塘。城市人的海。
你知道我游不好。但在水底沒有人知道。一回又一回游的是

孤獨。來來回回填充完三十分鐘的孤獨。上岸去濕答答地就瘦了。至少是心理意義上的瘦。被轉換的瘦。

我先生在家我一事無成。和他共處一室令我一圈圈冰冷。唯醒來的時間是在泳池。但在泳池我又什都寫不了。他走後我得睡幾天，又一事無成幾天，才有辦法恢復寫詩的力氣。才有辦法大聲叫出。像下雨那樣自然的滴落。

他煮的東西小孩不吃，煮完他就走了。從午餐放到晚上。我拿去冰起來。第二天忘了吃。第三天吃時飯臭了。還有一大鍋小孩不喝的湯。苦的竹筍。我吃力地喝了兩天。他炒了冷凍庫裡的臘肉，也許是前年過年時的，臘肉臭了。整盤菜都臭了。連他自己也不吃。吃飯這事是文化問題。文化問題是他的鄉愁問題。改不了的。一個人愛作什麼菜改不了的。

我帶著餓去睡。身為一個女人不可避免的餓。我正在準備當一隻貓。用舌頭喝水。用四隻腳走路。我餓的洞實實在在的。那裡擁擠到讓人類爭吵。那裡的擁擠還在睡覺。睡覺的那一面是夜晚。把自己變瘦是反家庭。沒和人一起大吃大喝。總是吃自己煮的。而其實我本來就是瘦的。又默不作聲地想更瘦下去。這是一種反美學。反女人。反性感。我的身

體就是身體。緊緊連著我的四肢大腦五官。我想要一切更緊密地連在一起。更反常地連在一起。

我生布時體重五十八。生完五十五。沒生前四十九。育兒哺乳回到五十。女人對體重是變態的。如今我秘密地邁向四十八。偶爾被拉著去外食。身體會不舒服到睡不好。我想回到少年的體態。我十八歲時只有四十五。一個人的肉體隨著年歲增長。忘了身體。忘了笑在身體。於是我常常在餓。很久很久才飽一次。來來回回地種自己的田。插滿秧。

不去泳池就像是病了。連意志也病了。不論是誰都說我太瘦。我就用自己的身體反社會。用不上班反社會。做書的案子。結識一些怪人。我也不愛瘦子。瘦子八成腦袋偏激有問題。體胖者彷彿心也寬。像我的笨貓一樣。而身體有她自己的意思。她喜歡的模樣。主人也管不了。從泳池瘦到晚餐。從晚餐瘦到床上。瘦到早上。瘦就是這樣。不用和別人說的瘦。不用別人喜歡的瘦。

我看貓舔手。換手舔。我打字。又看貓舔肚子。屁眼。

我知道我中毒了。我想跟貓去一趟遊樂園。一個晚上。半個月。

跑了一小段。轉眼又看貓舔後腿。

經過幾次舔毛。幾次圓弧形。幾次紅綠燈。

我小心地跨過那些目光。經過公園。來來回回走了很多遍。

跨入泳池。來來回回游了很多遍。很多遍。

很快就到了禮拜四。禮拜五想揍我吧。我把它都拿去餵貓了。餵完貓就放鬆了。禮拜六是病房。因為我沒去泳池得顧小孩。就算大家都病了。都沒有死。成為小車站吧。三年的小車站。到站了。穿上吧。穿上你的詩。穿到春天。脫下吧。脫下你的詩。活過掙錢的苦悶。洗洗吧。一路下來。找到一個杯子就裝水喝了吧。天天那樣。一排水道。等你跳下去。自自然然地流進流出。來來去去。

貓毛騎在我眼皮上。我在野餐。在露營。那是風的聲音無用的聲音。是詩的聲音無用的聲音。那是貓毛給我的線。貓毛給我的詩。線在那裡打鼓。不用聽見鼓聲。已經很美。這幾天是陰天。我用信封畫的。上一層淡墨。一層狗吠。我用信封畫。貓臉上的海岸礁石。那很醜。是一份藥。不用開口吃。也不用開口說。

我在那裡讀到一本書。又硬又小的綠色果實。不用甜。

跟兩位流氓貓在一起。來來回回很多遍。很多遍。

我出站時雨停了。要有什麼事的話就每天去游泳吧。我穿過泳池去了那裡。分神到一個只有陽光反射的池面。我在那裡呼氣。每上來換氣一次就看見了老貓生病的樣子。泳池外圍是翠綠的公園。我在山的凹洞裡呼氣。成為我先生輕蔑的回憶。我在泳池把力氣耗盡。身體更完整了。有完整的手腳。我摸得到自己的頭。我可以洗澡。我看見馬路中央草坪上深藍色的人形鬼。共三個。在車水馬龍之中穿梭的清醒。我開始嫌起我先生作的菜。不客氣地嫌棄。

　　我到底是一個陋妻。我用力摸貓。她想咬我。我感到興奮。她鬍子毛髮刺刺的碰到我我就很興奮。流行的華麗都和我無關。我每天有自己的制服。一件白色的汗衫。好像我把枕頭穿在身上。我身上單調。一如往常。乏善可陳。無視於這從四面八方湧入的厄運。這樣看上去更乾淨。乾淨的潑婦。

　　我畫的房子是被咬過的。被蓄意破壞。我的腳步聲一步一步無聲地經過那些書。我先生的惡言惡語從電扇的孔隙被吹了出來。似有若無地在我婆婆的靈位前張大了嘴。他說話時在搖搖晃晃。一天一天。一點一點。我髮飾上有一顆假的鑽石。透過假的鑽石看他。比自然的黑更黑。我照原路開回

我的房子。布哼著小金魚的歌。一切順流而下。我把飯吃完了。孩子讓我過上正常的生活。正常吃飯。早早上床。

　　不用擦。把那首詩。撿回來給我。不要倒掉。不要洗掉。

　　蝴蝶結鬆了。獵人在那裡守著。我的詩變成了鬼變成了鬼。

　　他走了。不定時的走。不定時的回來。我們激烈的爭吵、相罵。把對方咒死、咒短命。他走了我就去掃陽台。地上每一片小碎葉都是他。我慢慢上手了。用黏土、用泥、用手指、用墨，前去那裡。把他心臟黏滿蜘蛛絲。

　　我潛入胃裡。潛入咖啡裡。剛好是五十米。來回二十次。是一千米。

　　廁所洗乾淨了。我就去住在裡面。陽台掃乾淨了。我就去住在那裡。

　　貓砂清乾淨了。我自己也進去大便。

　　幸好是在玩遊戲。跟自己玩的遊戲。

　　什麼都是寫上去的。可以刪掉。

像我這種弱勢者

　　我就是那棵吃掉我先生的樹。停在樹梢上就會被吃掉。我就是那個沒有幫夫運的女鬼。跑過雨點。奔向雷聲。撲進杯子裡成為一隻果蠅準備死去。直接畫在上面的婚姻。一步一步變成了一面牆。裡面沒有一處是完整的。我看見我的腳了。在他走後才會跑會跳的。現在連蚊子都愛吸我的血了。之前我就是一個鬼。連血都沒蚊子要。他走了我花好長時間才變回人樣的。人樣的臭衣服臭臉孔。這是我。我在床上的時間很長。濫用貓毛。這幾年沒有好轉。在我頭頂上的是太陽。這樣就很好。

　　我很難向你說明這種婚姻狀態。或許我就是一個詐取生活費的騙子。或是玩弄文字的騙子。一個無業的陋妻。終日在紙上做鬼。做慶典。做葬禮。若無其事地寄生於台北。寄生於貓味。只有老貓知道我在做除了自己喜歡沒有別的用

處的事。只有在游完泳後我才覺得自己是一個人。不是一塊肉。我看著自己的褲子掛在電扇上曬乾。像是我被折了一半。沒有上半身也沒有腳。我和我的衣服重疊。明天會被丟掉。不論是面具還是臉蛋。我今天不煮飯。因為我頭髮太長了。

我付錢來錯過一場表演。來還原自己的舞台。我是我作品的材料。我的姿勢古怪。沒有框架。摧毀我的腦。嘲笑我的腦。不是要人看見嗎。持續演出我的問題。取笑我的動作。這是我的第十場表演。我身上鋪了一層毛。我要表演動物的氣息。還有一些暴力。表演貼海報。表演沒有經驗。表演沒有化妝。表演不想放棄寫作。

他一次又一次走了。我一次又一次游泳。變成像貓一樣矮小。游完一圈。我習慣了冷。我在成為自己的缺陷。游過一次又一次自己長長一列的缺陷。

我把我的問題都丟到泳池去。每天丟掉大腦游了起來。

沒有亂七八糟的煩惱。印出來一張一張金色的空氣。

我再也用不到金色的子宮了。人生是沙色的。看不到最好。漏了最好。

我搖晃的黃皮膚。黑頭髮。每天獨自去游泳。走進小小

的房門。

　　我要把自己漏進那個身體。我義無反顧地相信那個身體。相信自己可以成為一間房子。每天早起抱貓。

　　抱來抱去。不厭倦地說愛你。每天不斷更換座位更換床位。一直到身邊有貓為止。

　　擦擦雙手。慢慢清理掉每一個陰暗的角落。把自己放進那一層鬆軟的貓毛裡面。

　　吸著沒有男人的空氣。吸掉了很多事。那些事也都隨著空氣被替換了。一大片被吹起。

　　我佔有了全部的空氣。我此生第一回佔有了全部空氣。好好抱我的貓的空氣。

　　早餐午餐晚餐一餐一餐地吃。像廢物那樣吃。活著就是早餐午餐晚餐一餐一餐地吃。我、貓、兒子我們每天一起吃飯。互相觀賞彼此。

　　十一點我們一起睡。頭髮我們一起睡。頭髮可以畫得再簡單一點。臭貓配眼袋會是一場好睡。睡神把我趕到這裡。我的瘦腳、雞腳大方地在床上乘涼。沒有人嫌它。我身上沒肉被我先生嫌。他越嫌我越故意瘦得像一隻流浪狗，還每天像狗那樣去游泳。反抗他。和他作對。把小蚊子用力打下

去。一切都脫給他。什麼都凍成了冰塊。一拿出冰箱就變成一灘水。拿抹布去擦。跟垃圾一樣。跟我畫的那些垃圾一樣。跟我躲進去的那些冰塊一樣。跟那些沒有記憶的靈魂一樣。變成了野鬼。

　　我的手在路過那些聲音。路過我先生變成的蚊子。我破掉的褲子。丟掉的舊衣服。我把它們用髮夾夾好。一隻一隻夾好。我身上的椅子已經變成一道階梯。我坐在直線上。用我的腳踢水。吸著台北都市的人造口紅。我在習慣假的紅潤。在畫線。畫放射線。畫馬來巫師在念咒。咒在碗裡。碗裡開了窗。破了洞。翻開都是蟲。那個寓言在你出生前的房子。碗下面還有一雙眼睛。有三個胃。吃不同的東西。每到一條河會吃下一塊石頭。你手裡還有另一隻手。另一雙耳朵。我知道你來自何處。你是野鬼。

　　他回來又走了。留下一鍋他煮給兒子吃的魯肉。一鍋在灶子上。他沒冰。我也沒注意。第二天就臭了。我清得心情很不好。留給我的垃圾。留給我的臭味。他走後那晚，我興致勃勃切了兩大條紅蘿蔔。要用完他留下的雞蛋。炒完紅蘿蔔打蛋下去，沒想到那顆蛋是臭的，瞬間毀了我的全部心血。寫到這裡切掉了一顆深紫色的洋蔥。都溶到湯裡去了。

寫到這裡紫洋蔥治好了你的花朵。香濃的紫洋蔥。

寫到這裡就寫出了他的穢氣。框住了他的穢氣。

好像他家庭成員裡都是壞了的。每個人的壞都壞到他一點。他就也壞了。有外婆的事、大舅的事、爸爸的事、弟弟的事。借錢的、生病的。好的時候就是吃飯喝酒。他愛把家族中所有人的意外病痛歸咎於我這個外人。惡運就歸咎於我。連房子的所有問題也歸咎於我。好像他們前面住的二十幾年不算。我才會變成野鬼的。他正為了他週遭人的不幸忙得不可開交。忙著賺錢去幫他們。我就篤定地隔岸觀火。反正對他而言我終是一個外人。連我的生日都是個好日子。他的至親都挑這天入土。他在時都吹冷氣。吹走我的文字。吹走我的腦袋。用盡一切的暴風打擊我。

我胡亂寫起了老詩人、寫爛玫瑰、寫抱怨過度的浪漫以及乾旱。寫農夫一氣起來，放火把玫瑰通通燒掉了。寫老詩人坐在惡臭的濃煙裡。悔不當初。寫了一大堆垃圾。排成圓圈。一圈一圈令人頭暈。

在我右邊是一隻我很熟的貓。我找她。我每天都要打電話找她。我的臉要找她。我的手要找她。我的鼻子要找她。她的身體隨便摸一摸就有毛掉出來。體溫是貓正常的三十八

度。因此很溫暖。我才像小孩子那樣依偎在她懷裡。我在她的毛做的茶包裡。被沖茶。我身上流出的是她毛色的茶。令人振奮的茶。我的臉碰到她小臉上刺刺的毛。我的探險。

粉紅色張開了。跳著跳著就張開了。我從小沒有照鏡子的習慣。一下就把你滾成黑的。我的黑色在正常運作。我的顏色都正常。他走了我才看見了家的樣子。挖挖補補的字。塞在他的雜物裡。我們互罵的字。一坑一坑的字。太陽往西跑。綠色的小火車向前跑。我的貓就這樣到了。我們都到了。坐在幸福的客廳裡。

粉紅色變暗了。粉紅色的那條路一堆廢話。像是句點的粉紅色。被墊在傢俱上的粉紅色。粉紅色的腦細胞。爭論著的腦細胞。發紅發綠的點。我現在更被人喜歡了。因為我把圓形畫得很圓。因為我是貓的獨子。獨享她的身體。貓把你的垃圾給我吧。她身上的花是隨時都在開。她的味道永遠都是臭的。臭香味。她的眼睛像是黃色星球。永遠都像新的一樣。

我把你的名字寫在貓毛裡。永遠都不會消失。永遠都不用擔心。你身上沒有不好的地方。你不過是跟壞人在一起生了病。蓋在棉被裡的槍。去超市吹冷風吧。在台北常常要排

隊。何況你身上沒有跳蚤。也沒誤吃毒蘋果。

台北公寓截走了太陽的光。但植物的汁液喚醒了我。

布是在母親的庇佑下長大的孩子。在母親的餵養下已經成了會跑、會叫、會跳的孩子、會跟母親吵架的孩子。

跳繩吧！像貓一樣睡吧！把膿包擠破吧！

你爸爸不會回來了！叫貓把魚吃掉吧！

這一本小冊子裡有我堅定不移的演出紀錄。是我此生的展覽。這一本小冊子是用我的身體做的。

請你輕輕地啃。輕輕地吸。

這個時候才過了一年。過了馬路過了山洞。那些無意義的聲音振奮了我。

讓我回春回神手腕有力鋪展畫紙。

我現在已經在附近了。我現在在尾聲。

我在那顆足球裡了。被小孩轉了一圈又一圈。

你弄錯了。我這個時候不是要去煮飯。不是要複製現實。不是要一板一眼地模仿這個世界。孩子在電梯裡上上下下。大人坐在辦公室裡不開心。

泳圈消氣了。我要退出這個世界。我肚子又餓了。沒兩小時就餓了。

餓從舌頭上垂下來。像一把破掉的窗簾布。

我的小腹去游泳了。不要再罵它。

我先生第九次走了。我把自己關到房間和貓好好睡了一場午覺。

月亮不圓。還有點搖晃。我踩到了更亮的光。

我在看家。幫你看詩集。

我到了。在你的詩集裡。

我的腳步聲進入電梯。進入陽光的電梯。上去了。到我的老貓那裡去。像我這種弱勢者。河水是泥漿色的。一堆廢棄的香蕉樹。不結果的廢棄地景。到處都有。雜草叢生。成了野鬼寄生之處。一堆堆廢棄的油粽園也是。不結果了。分岔的掃把樹葉。頻頻在招魂。那裡有成堆的陽光。立在每片樹葉上。寄生在樹上。路牌很大。不怕看不到。廢棄地景很多。只有陽光是井井有條的。只有陽光是有鬥志的。普普通通的鬥志就夠了。

阿美，為什麼大家都要畫那種太陽？

阿美，我們用四隻腳在爬對吧。縮在家裡。冬天冷就大聲叫。用力吧。那樣才不會冷。阿美，不要縮在那裡。我們去陽台看看。阿美，冷到神枱長出了乳房。噴著灰。冷到吃過奶的。變成了地上的頭髮。冷到我婆婆買的那些沒人用的碗、杯子、筷子。進化成房子的地板。被我踩。被我們用四隻腳在爬。

阿美，冬天的雨要去哪裡。那麼多的濕冷積在這盆地裡。這盆地裡的大冬雨。長冬雨。頑固的冬雨。阿美，我穿的都是二手店的舊外套。冬天是邁開大步。敵不過天的。敵不過雨的。只有越穿越多。只有洗熱水澡。阿美，我吃飽了。冷風你放馬過來吧。這不會停的雨。我在我自己的身體裡轉過了身。縮在我自己的頭腦裡。換上乾乾淨淨的笑在齒縫裡。阿美，一半的乘客睡著了。來的是孩子。不是大人。

來的是冷。來的是阿美。

　　阿美是我頭腦的住戶。阿美縮成我的靈魂。阿美是我身體的住戶。阿美一隻手放在我大腿上。阿美在我身體的房間裡散步。阿美走過我的童年我的老家。阿美走過蚊子的叮咬。走過生病的床生病的棉被。

　　阿美，這些是以前都發生過的冬天。以前都發生過了。現在只是再來一次。沒什麼的。以後還會再發生一次。

　　日頭破了。就這樣一格一格的陰下去。棺材裡得放我的眼鏡。還有我的阿美。

　　阿美，現在是早上九點對吧。阿美爬過我身體。阿美用手擦我的身體。以前也有過這樣的紅潤。有過這樣的的乳房。有過這樣的貓對吧。

　　阿美，我得在這裡添加一條根。添加了太多的冬天衣物。圍巾、帽子、厚襪。

　　阿美把我叫去吃飯了。阿美把我叫去照鏡子了。看到鏡子裡自己還是人模人樣。放了心。今天風吹過了。今天冷過了。就往人少的地方去。

　　阿美，我們一口接一口地喝下那些冷風洋溢。把冷壓成一本書。每天去餵野貓。喚起我們的鬥志。阿美，我用洗菜

水澆花。澆到樓下屋頂鄰居不是很爽。我的手不準水倒不準。我幫不上你的忙。可以連皮一起吃。阿美，我們每天被迫早起。小孩要上學啊。整個冬天。好歹要有腳。好了好了。還可以跑走。不要被砍下來。不要被一堆假的光環圍繞。吃一大堆的維他命。自九月以來。煮了幾回飯。洗了幾次眼鏡。睡了幾回。很容易就斷了。阿美，自九月以來。我把一年份的工作做完了。也把一年的病生完了。阿美這被咬過的生活、對話都很好。阿美，我的中文還是不好。我在台灣說的中文好像是另一種新的語言。我的冬天不好。很多年的冬天。還是被深深的冷包圍。

　　阿美，這是我洗衣洗出的鬼。台北的鬼。一大塊的油墨。沒有人過問。阿美，那些人沒有問他們的心。他們的肺。我的主張是狗叫。是口罩。罩在自己的頭上。以前是下午。現在是早上。以前是刀子。現在是貓。是貼紙。阿美。我現在是狗。是廢鐵。白色的星星已經消失。

　　阿美，他們太不成熟了。我正在生成一種螢光粉紅色。阿美，去他們的回憶。綁在你成年的尾巴上。去他們的青春少年。變成灰了。那張臉。和我在同一座城市裡。平日滿口髒話。沒喉結。粗話上口。解藥上口。蹦出來的。

阿美，我和女人不是同行。和男人也不是同行。和貓是同行。阿美，那些人幸福過頭。我不會再來偷看台北。等我把話說完。把文字用完。我死後，把我葬在動物的墓園。我想和動物的骨灰在一起。

我不是來這裡討好各位的

　　我不是來這裡討好各位、取悅各位，或是來宣傳我自己的。所以在座若是有被逼來的，或很想睡覺的，或沒有很想聽的，現在都可以出去。我是創作者。也是無臉的台北人。創作者是自由的。不討好任何人的自由，不討好任何市場，不被讀者影響的自由。自己決定想寫什麼、想做什麼的自由。自由的代價是窮、被別人看不起。但總是會有一個人、兩個人、三個人看見你，喜歡你，支持你，就這樣走下去直到你撐不下去為止。

　　我不是來這裡討好各位，現在也不會想討好出版社。討好任何可能對我有利的人了。我反正沒有關係。在台灣就是跟任何人都沒有關係。沒有因為關係的好康。永遠都沒有。大家都是競爭者。沒有人會分一些給你。台北是勢利的。我非常了解。我不管這些。我想專心做創作就是。但在台北從

來沒這回事。在台北你要是萬能的。要會講。會教。會寫。會行走。會應變。會習慣搭高鐵。轉火車。轉這個那個。習慣說自己的創作。習慣像專家一樣頭頭是道。習慣把自己裝成一位能言善道的人。習慣濕冷變化多端的台北。習慣不見天日。習慣像行屍一樣走路。習慣別人冷眼看你的時候能夠不受傷。習慣受傷的時候去忍住。忍住不說出來。忍住你沒受過傷。

習慣把自己當一隻狗。會吠會叫但沒人聽得懂。習慣把自己變成一隻貓。不用說話。習慣變冷再變冷的多變氣候。我跟他們都不一樣。我沒有形象。我因為和貓玩被抓傷了嘴巴。我從來不好好裝扮自己。還要習慣戴口罩。台北是一座口罩城市。可能是全世界消耗口罩最多的地方。可能是全世界最多人拖行李箱走來走去的地方。要習慣像一個來去自如的人。

很多人說台灣人很有人情。我從來沒遇過。在我還沒以作者的身份存在之前。這台北泥沼。這隻鴿子。啊,掉進泥裡了。鴿子。寫了十一回台北。沒太陽。沒好鄰居。終沒寫完啊。簡短的。還是燒掉好。跟那些草率對待作品的人一樣。沒有。光走了進來。進入我的眼皮。劃了一道火光。我

懂了。就懂了台北。慢慢啊成為一塊枕頭。軟軟地無聲的。把北上二字穿上。穿在身上南下。就這樣一路拉拉扯扯的。北北南南的。就這樣燒啊燒的我在台北的腳啊。手啊。衣服啊。鞋子啊。我脫下了我的身體。脫下了眼睛。我變成一把掃把。一根骨頭。打完了。

其實我並沒有病。我只是開始對車程感到不耐。對三不五時受到的邀約。回信。因應需求訂講題。整理簡報。訂票。取票。看時間。準時上車。我倒是不會對自己講座的內容感到不耐。不耐了我就會換一個新的。至少這方面還是算自由的。但這些空來空去的等車時間。行走時間。我已經厭煩了。上高鐵。找座位。雖然高鐵的舒適度已是無可挑剔。可我感冒了。我喉嚨很不舒服。我很想睡多一些。我不想一直戴口罩。總之我厭煩了。我厭煩了就是。錢少賺一點就是。我不想再動了。管它是什麼。多認識人？讓人知道我？夠了。我不是要去討好誰。要去取悅誰。要去表演的。或是去面對死魚臉充一個鐘點的。這國家的演講太多了。行政人員太多了。作家太多人。插畫家太多了。詩人太多了。爆炸了。

對車程感到不耐是一種病。對等待也無法安然也是一種

病。一開始我還很好。就看人、看風景、聽手機網路演講、音樂。可我就是煩了。太多就會變煩了。我一週坐高鐵四天。還有兩天是六日。我對人潮吐了。這種煩也沒有不對。像吃外食多了就想自己煮一樣。其實我並沒有病。人上下車最多的一站就是台北。我每回得坐過台北站到終點站。那時車廂通常只剩一兩人。我就站起來動動。或是站著。在空空的車廂裡站著。沒有人看我。沒有人管我。

　　很抱歉。我對這些流程煩了。車程煩了。提供一百次我的匯款帳號。我的證件正反面。今天賺五千。昨天三千二。上週五七千六。一週沒進帳也很常見。一天該賺多少才滿足。我躺在公園長椅上看夜空。把眼睛拋到黑暗裡。我再也不想討好任何人。回應任何人。因為我病了。我的病就是對便當厭倦了。對米飯厭倦了。對照顧牙齒照顧臉蛋照顧心臟內臟厭倦了。兒子半夜吐在床上一次你就對這一切厭倦了。跟小孩在一起久了就厭倦了。一個冷氣團打進來我就病了。我現在是狗。只會吠。只想吠。找個可以吠的地方在台北也不好找。在紙上挖個洞來吠就是。

野少年的大山一點一滴地變成我懷裡那隻奇醜無比的貓。

輯
三

狗園

　　媽媽的。那位收容所小眼睛。是神也是魔。他確實救了
不少的浪狗。斷肢的、皮膚病的、車禍的、人為的。可他們
不會送養。狗積了一百隻。籠子一個挨一個。沒有人遛狗。
沒有放風的。

　　那些狗被關在那裡。那個屠宰場改造的收容所裡。上面
爬滿了鬼。被埋在那裡。在那裡每天要面對的是狗屎、要逃
避的也是狗屎。我還想去做義工。可他們說本週已安排救援
活動。我出不了聲。沒出聲。裡面有一百隻狗。裡面有一百
隻狗的屎。他們不安排固定義工。我也是偶然被朋友帶去
的。義工都要是他們熟的。他們不給人隨便公開參觀。久久
才組一次隨性的友人義工團大清掃。我就是在這種久久一次
的偶然中撞見了。

　　我被籠子狗咬住了衣服。咬住了靈魂。咬破了。媽媽

的。他們憑什麼就這樣關了一百隻狗。還不幫牠們清屎。我這種屁書寫也不會有什麼結果。不會有人看了我的文章就去領養狗。就去解決問題。他們認為這樣關一百隻狗沒有問題。媽媽的。等你老了也被關在床上。沒有曬太陽。跟屎一起睡。旁邊放了一桶飼料。一桶水。這算對你很好了。他們還說在我們有限的照護資源下。我們已經盡力。

　　媽媽的。那裡有一百隻狗。被關在山上小路的鐵皮屋。那條路上有很多人類高級墓園。我零碎的救狗念頭集結起來。每天在嗶嗶剝剝地響。響得我骨頭都裂了。媽媽的。他們根本沒有排人去做義工。沒有送養。當我想到那些不見日照的一百隻狗。就感到一陣陣的餘寒。一陣陣的媽媽的。我這張桌子。擦乾淨了。我就不斷澆水做些園藝。把時間耗在那些不會叫的生命上。因為我不斷想起那些狗。媽媽的。籠子狗。我聞到那些狗味的時候就多了一個鼻子。你們來世都會變成很幸福的人。我喜歡動物身上的味道。掃出一塊空地的味道。一隻狗在裡面叫。一百隻狗在裡面叫。我正在追趕一隻狗。到了分岔路就不見了。我在後面追。前面什麼都沒有。印著一隻隻被壓得扁扁的狗。全死了。全舊了。不養狗的人沒煩惱。媽媽的。兩千萬人找不到一百人來領養狗。媽

媽的神。你造出來這種生物沒法像貓那樣靈巧乾淨隱身於巷弄。那些自以為在捍衛人類安全的人打電話叫人來抓狗。那些沒見過狗的人會尖叫。那些養過狗的人不敢再養。媽媽的神。你造了一種有缺陷的生物。讓他們被人類關在籠子裡。這到底是什麼因果？什麼道理？什麼問題？

媽媽的。沒養狗的人一身很乾淨。想去旅行就去。想在外面鬼混到半夜也很自由。所以沒有人要養狗。大家假裝不知道。假裝看不到。這樣就好。我過好我的生活。顧好我的小孩。我的老母。那些狗到底關誰的事。媽媽的。還有笨蛋花上萬塊買狗。買柴犬。買鬥牛犬。還有那種毛捲捲的狗。媽媽的。我沒辦法。我欠那些狗貓。我撞死過貓。在這裡還債。在清貓屎狗屎還債。你一身清白沒有我這種屎問題。你的雞雞。你的髮夾。神的野狗。野狗沒問題。你才有問題。你的雞雞和你才有關。這樣沒問題。浪狗和你無關。你又高雅又有文化。

媽媽的。那裡太擠了。太擠了。又那麼臭。我看到的是上戰場的強尼。四肢已經截斷只留下腦袋。上百個日夜身體被囚在籠子裡。牠腦袋裡想著一千一百個和人類溝通的方式：「我要出去！我要出去！我要出去！」媽媽的牠要出

去！牠要去外面吹風！去曬太陽！去聞草的味道！山的味道！可牠只聞到自己、同伴、近百隻同伴在大鐵皮屋裡悶熱、幾天沒清理的屎臭味！媽媽的屎臭味！牠只能在籠子裡活動。可能一個月、兩個月，會有好心的義工發現牠也想出去走一走。或者人們認為，牠在籠子很久沒出去也不會怎樣。媽媽的。他可能整整一個月、兩個月、一年都沒有出去。媽媽的神。你聽到嗎？你怎不想想辦法？這是文文明明的台北。為什麼會有狗的集中營？為什麼不讓牠們在山上跑？在海邊跑？這片土地就只有人類可以漫步。你媽媽的是嗎？有狗你就緊張惶恐是嗎？一百隻狗連一片天空也分不到。一塊草地也分不到。一隻一隻的心跳是看不到的。他們看不到狗的靈魂。他們不被這些事震動。狗事。貓事。鳥事。只有我媽媽的為這種事太激動。還要被別人看成難搞的人。

媽媽的。姐姐的。老幾的。雞雞的。狗的名字叫石頭、妮妮、孃孃、輝輝、冰冰、香蕉、nasa、masa、kiki。還有很多到底叫什麼名字。總共有一百個名字。神的船早就觸礁了。撞到這見鬼的收容所。媽媽的，我到底可以做什麼？那一隻隻眼睛是活著的。就算是眼睛被人類撞瞎也是活的。活

的不可以住籠子。神說不可以。是誰造的籠子？狗乾掉的小眼睛。陷在人類豐腴的雙頰上。長成油膩的痘。長成體面的妝。台北人的那些盛裝。那些開著數千支小燈泡的商場百貨林立。城市沒有狗園。狗噪音被排擠。會被人報警。被人投訴。只要一百座百貨公司讓一座給狗住。只要一座失敗醜陋斥資三百萬的公共藝術讓給狗就好。媽媽的。怎不拿去救狗？太陽你不公平。月亮你不公平。我身上還有一點肌肉。不算太瘦。可以揍人。到底怎樣才可以叫人他媽媽的去領養狗？

　　媽媽的。他們沒有要解決狗曬不到太陽、沒有放風的事。他們說計劃搬狗園、擴建。還籌不到足夠的錢。目前在山裡的兩間鐵皮屋還是要付租金的。在這種只有野鬼的地方。房東還媽媽的要收這種沒有天良的租金。狗園的租金是籌來的。狗食是籌來的。醫藥費也是。一切都是要籌的。沒有大財團要一口氣幫大忙。大家一千兩千幾百的捐。看到捐的錢來到這種擁擠又沒有品質的收容所會覺被騙吧。畢竟收容所拍給外人看的照片都是沒有籠子的。讓人還真以為他們把狗照顧得很好。當然我們可以理解非每隻狗可以相容特別是老弱殘障型他們會以「保護」牠為名讓他住籠子。後來來

的狗、或是那些來療傷又準備原地野放的浪狗，根本連站的空間也沒有。上面籠子的狗大便還會掉到地頭上。媽媽的。他們怕遛這種狗麻煩。怕義工不熟讓狗跑了。還是被狗咬了。省事的做法就是不遛。不能遛。要遛得經過他們同意。媽媽的你是上帝嗎？

　　媽媽的難道狗是瘋子嗎？非得關起來、鏈起來不能自由地在山裡走？外面的野山那麼大。外面的空氣那麼好。你做人的你決定把他們都關在這種沒有品質的地方。還是你覺得那些狗是你的？每一隻都是你救回來的。那幾隻貓聽狗吠已經都神經有問題了吧。你不知道貓狗不能放在同一區。我知道你是因為太擠了沒地方放。我看到一隻大黃貓對人很凶。發出奇怪的貓叫聲。我換水時她機伶地衝了出來。衝錯地方被抓了回來。老義工要放水碗時她又衝了出來。這回被園長抓到。園長把她野放回對面的山裡。真恭禧那隻貓。他說那隻貓本來就要野放的。可為什麼就遲遲不放苦了牠呢？要不是我的大意牠現在可能還在籠子裡神經緊繃到臨界。那些幼貓把大便大到自己的水碗裡。整碗水變質了。幼貓不懂還要去舔水。一個小籠子。水、飼料、便溺一塌糊塗。我把籠子搬去外面小曬太陽還要經過他們同意。不是每個籠子都應該

搬去曬點太陽嗎？太陽就近在幾步之遙。他們只有把那四隻大狼狗牽去曬。說狼狗要曬太陽。其牠狗不用。也沒有要遛。

　　媽媽的我那時不爽了。我以為全部狗都要遛。我朋友趁大家忙成一團時默默找了狗繩把那隻縮在角落他們說有憂鬱症、不能遛的老狗帶出去。好好的又帶了回來。我朋友把那一區他們說都不能遛的狗都默默帶了出去又好好回來了。還有一隻沒有眼睛的狗。我還差點和老義工吵了起來。他說狗看不到不能走。我說你歧視盲人嗎？看不到就不能走嗎？我們默默把盲眼狗帶出去。牠搖了尾巴。走得很好。我後來問牠是天生盲眼嗎？才知道牠是車禍。後來上網查了資料發現一則狗園救狗的報導。看到這隻狗車禍時的照片。這是三年前的報導。表示這隻狗至少盲眼三年了。這三年來不知道牠被帶出籠子幾次。有多少無知的共犯讓牠一直在籠子裡。想到牠從一場恐怖的車禍醒來再也不見天日。也從昔日的浪狗變成籠中狗。每天聞自己的屎味就想把牠帶回家。我家陽台至少比籠子好。可我先生要殺了我。我撿過兩次狗都被他送走了。我先訂了兩隻小貓。台北公寓我有把握養貓。我可以理解台北人很難養狗。一天要帶出去上大號小號至少兩次。

若雨天颱風天也要。若人有事外出狗得在家裡廁所地板大便。沒訓練好會亂大便。台北公寓又小又擠。狗的屎尿問題是狗被棄養的原因吧。有庭院的、有草地的、有錢人也很少養狗。怕狗怕貓的人又像山那麼多。被丟出來的越大隻的狗被領養的機率越低就是。在路上最常看到柴犬還有小小的毛捲捲的狗。台北適合養小型狗。人們是這樣說的。中大型的狗這裡很多。三支腳的也不少。這裡沒有幫狗建檔。外面的人不知道這裡有這些狗。他們救了就是這樣放著。這樣積著。還繼續感覺良好地越救越多。鐵皮屋裡的狗況令人心驚。牠們好像被鬼遮眼了。那些住籠子的狗就一直住著。正常的人看了都覺得不對、不應該這樣。可他們反而是麻木了。像我這樣一個小義工去說他們又覺我多事。完全無效。無效。媽媽的你是老幾啊。而我媽媽的又能怎樣？有人會管這種事嗎？管得動嗎？每一家收容所都爆炸了。神你媽媽的。人家享受來去自如的乾乾淨淨的生活。領養率提高不了。像我這樣人在多管閒事而已。寫幾千字徒勞。狗事。鳥事。他們也不讓人去做義工。他們只要人捐狗糧。捐醫藥費。捐房租。

我每天早上醒來貼著鼻子聞我的醜貓時就想起了那群

狗。籠子狗籠子貓。我和我的貓的幸福好像成了一種罪。我不得不去做什麼的罪。一家私人收容所。公開募款的收容所。我也捐了。還叫朋友去捐。最後發現他們的人事大有問題。園長不信任別人。因此他們不公開募義工只會輕描淡寫說我們人力不足已經盡力。收容所平常也不開放。在一個沒有地址的地方。園內的狗貓沒有建檔。好像他們的私有寵物。就靠園長幾人慢慢送養。不認識的人也不送。經過多天試圖壓抑的緩慢的溝通我慢慢發現一個詭異無比的真相。園長似乎是在佔有這些狗。那是他苦心收集的玩具。他保護這些狗。把他們關起來。認為這是救了牠們。是愛牠們。是保護牠們。狗越來越多了。他沒有送養的積極意念。朋友才送。彷彿那一百隻浪狗是他家的寵物。他自家的。偶爾他心情好時會大費周章帶幾隻狗出去海邊。他心情好時才會叫朋友找些人來打掃。兩座鐵皮屋的狗！他們不要熱血義工！熱血義工像我這樣高呼狗權。狗生活品質。他們不要像我這樣想介入幫忙的人。他們只要乖乖的。沒有意見的。去清清屎就好。媽媽的。

　　媽媽的。我再仔細講一次當天的情況。我們到了三芝一條山路。那裡方圓百里沒有有房子。因此也沒有地址。得熟

人帶路。開車的是老義工。到了鐵皮屋鐵門還沒往上捲。就聽到集體的狗吠。門一拉開就覺頭一暈。門旁是上下的貓籠。就是我說的裡面便溺飼料都一塌糊塗的貓籠。貓在神經質地叫。看得出她聽著近百隻狗吠已經神經衰弱。在一個已經幾天沒清的小籠子裡。狗的情形也是地上便溺飼料一塌糊塗。請你想像。平常門都是關著的。這裡沒有窗戶。有幾隻電扇在吹。他們就放了一桶水。一桶飼料。讓狗不會餓死不會渴死。狗喝水會亂噴可能就噴到了飼料。籠子是鐵條的。裡面沒有任何平坦的墊板。狗站起來。躺下都是一條條的鋼線。義工們就是清那好幾天的屎尿。大便先用掃把掃起來。再沖水。沖一沖會停水。因為那裡水塔裡的水有限。沒法無限制好好沖。園區分好幾區。但就是很擠。中間區就一堆籠子。後面還有一區也都是籠子。有自由區幾區。沒住籠子的狗就比較好。但基本上也是不見天日。園長沒有要遛他們的意思。大概是這樣。後來發現原來不只這一間。還有 b 間。我不敢去看了。

　　我去了狗園。我跟你說我去了狗園。那些人有著黑色的小眼睛。小眼睛的洞。你跌進去那個洞就不要害怕。那些小眼睛和我們的小眼睛不太一樣。那些小眼睛帶著棍子。假裝

在探路。那些狗的臉貼在我臉上。比人還大的臉。我每天都要整地。整紙上的地。真實的地。還有身上的地。一切體力的勞作都無法忘記狗園。一隻一隻沒有了臉的狗。無臉狗。一隻一隻也沒了腳。飄在空中的鬼。去找他們。去找那些小眼睛。別再成為狗。不要怕。你可以寫。不要怕那些小眼睛。那些拿著棍子的小眼睛。別咬我。別咬上我。那裡有蜜蜂。會從那裡飛出來。大家都小聲一點好嗎？不要吵到別人。

　　無臉狗。無臉的小眼睛。像蛇那樣吐舌頭的小眼睛。放箭的小眼睛。一次又一次射中了狗。一隻一隻狗變無臉狗。不見天日的無臉狗。於是我打電話通報。小眼睛來恐嚇我。我跑了。在泳池我看到那些狗的臉。聽到那些狗的聲音。一百隻狗的吠聲。奇怪的是沒有其他人聽到。我躲進泳池裡。我不能憋氣太久。狗不是高興地叫著。我沒聽過他們高興的聲音。那種聲音令我睡不著。圍攻我。我躲進自己的口袋裡。把眼睛避開。小眼睛們用這種鐮刀來收割名氣。用這種線來縫動物。那些無臉狗張大了嘴巴。黑色的圓眼睛。跟人的眼珠一樣。我常去泳池。躲在那裡。狗的媽媽在老家會哭的。時間摸著狗的頭。那裡只有時間。什麼都沒有。那一

點忙也幫不上。小眼睛做這些事。因為他的手和人沒有關係。和天空沒有關係。和草地也沒有關係。所以才會對狗做這些事。我擠出了狗群。耳朵裡嗡的一聲。我不夠強悍。我無法和小眼睛說話。無法和小眼睛鬥爭。我做這些紙上事救不了你們。小眼睛在後面追我。釘書機的小眼睛。吃芭樂的小眼睛。滿嘴紅檳榔的小眼睛。我已經上來了。等我把我的長頭髮剪掉。等我藥效發作。去揪出小眼睛。等我把車開去大馬路上。等我把你的籠子一個一個消毀。等消毒水噴進你的眼睛。

　　小眼睛你弄錯了。你這不是在救狗。狗要出去走一走。要聞太陽的味道。世界的味道。不是自己的屎味。沒有人該一整天聞自己的屎味。同伴的屎味。和自己的屎一起睡。狗的腳踩不到平坦的地面。是一條一條的鋼條。是一個籠子。我去報動保了。動保說沒問題。這樣沒問題。你弄錯了吧。屎黑的官員。小眼睛你掉的屎。你挖的坑。這些狗一隻一隻掉進去。船也越來越晃了。你超載的難民太多了。死了。沒有名字的螞蟻。沒有名字的狗。只有小眼睛有三個字的名字。人類的名字。那些狗出不去。所以都是無臉的。無頭的。無手無腳的。那裡鬧鬼。是正常的。鬼就在那裡落了

地。就那樣飛了進去。那裡的事都是錯。陽光也犯錯。風也犯錯。空氣也是。錯成一團。神沒看到。神肯定沒看到。誰有辦法把神帶去那裡。把神的手帶去那裡。把那些狗拉出來。我這一雙雞手雞腳又做得了什麼事。小眼睛又來追我了。要我封口封筆。對那裡隻字不提。

太陽停了。太陽在那座狗園停了。嗡嗡在轉的電風扇。我的頭髮散了。我的手被狗咬了。進去的正常人都會被咬得再也出不去。只有像小眼睛那種人才能夠自在地進進出出。我跑著妄想去救狗。跑到一半就被抓了。湖裡的鬼遠遠地爬升出來。跳著跳著去找小眼睛。我叫我的貓給我一點神力。給我想辦法。我坐在那裡像一個白痴一個笨蛋。我不停說。說狗是神給人類最好的禮物。狗不是魚。不是放在魚缸裡就好。我說了很多。說到別人覺得我是白痴。一個拿筆的白痴。那些屎黑的官員還是坐在冷氣辦公室裡吸著沒有屎味的空氣。把一切說得沒問題。

（本文為真實見聞。）

因為我是野鬼

因為我是野鬼。沒有人的。我生養過小孩。我被熨成了幾個字。幾個數字。好像是用掃把、用菜刀寫出來的字。那隻爬進去砧板的手。爬出來就淡了一半。很快就把自己像作菜一樣整理好。像一根樹枝一樣被小孩子折掉在地上。生養過小孩的女人耳膜有問題了。變得什麼都聽得到。我先關掉了男人的聲音。這是我睡前要丟掉的。全被倒在這裡。

因為我滿臉都是耳膜。對聲音太敏感。樓上架一台大冷氣機在我生過小孩的頭上。冷氣一啟動洗衣籃裡的衣服都在抖。我的貓以為地震。我們的房子每天得面對冷氣風暴。因為我對冷氣噪音過敏我把自己關在罐子裡包在沙發裡。因為台北太潮濕我吃了乾燥劑。吃成耳朵鼻子都有問題。我不想吹冷氣。游進電扇的孔洞。轉來轉去成為一隻蜜蜂。冷氣噪音把我的耳朵變成工廠了。我把自己關在緊閉的房間裡睡

覺。吸不到外面的空氣。我只能在那個公園的凹槽裡游泳。我滿臉都是餓。對貓的餓。晚上的時候我幻想自己在海邊。其實我還看見台北捷運在天邊掠過。

　　還有很多是家事。因為我是野鬼做不來的家事。那些大叫大跳的暑氣。穿過洗衣袋。變成一雙一雙孩子的小襪子。曬在那裡。家事只能一直往下走去。走到那個半圓形廣場。其實是浴室。睜開你的喉嚨。換上乾淨的衣服。拍了幾張生活照。沒多久就變成母老虎母夜叉。小孩子跑過來用衝的。排成一列列的假日。每一天一天都是亂哄哄的家庭日。白皙的大腿已經無用。家裡盡是低俗的話。唯一還閃閃發亮的是孩子的玩具警車。還發出令大人惱火的噪音。每個家庭都是有問題的。都是醜陋的。貓屎像樹一樣立著。全身是黑的。貓砂盆裡還有化石。臭氣。穿過你身上的兩個洞。家事就是這些。從臉上冒出來。長成你睡不好的痘痘。日積月累。整張臉都有問題。

　　很多是我寫來安慰自己的。很多也安慰不了什麼。很多變成貓身上醜陋的花紋。很多寫的並不是我自己。把東西都丟進袋子。將它塞滿。綁好丟掉。該澆花了。該掃地了。該掃陽台了。一早，把貓砂的形狀裝進飯盒。我的喉嚨在階

梯裡。一步一步吃力地爬。沙子在刷我的喉嚨。在唱一塊骨頭。喊一塊餓。那裡是沒有燈的。還會噴出爆炸。阿美走。我們快跑。廁所洗乾淨了。我就想住在裡面。用兩個小時畫成的吸管。一折就斷了。廢紙鋪成的馬路。命運落在旁邊等車。廁所洗好了。神給我的筷子。兩隻腳。兩隻手。我的筷子還是不想動。水溢出來。我的身體斷了。眼鏡好重。米飯硬了。眼睛穿過廚餘的塑膠袋。飛進胃裡的果蠅。洗不洗。吃不吃。縫一個胃給你。一塊骨頭給你。像你被縫的內臟。我在兩點。我想在貓的大腿裡睡一下。

這是我用詩綁成梯子。曬衣架。在戶外玩。綁了一個鞦韆。用詩來聽鳥叫飛過。厲聲的鳥叫。傳說中在報凶的鳥叫。因為外面有鳥在叫。所以我繼續看書、寫作。打掃、煮飯。這是像鳥叫一樣的事。我的詩掉了一次又一次。落入水溝邊在那裡生了根。長了芽。大雨來時又被淹死。一次復一次。我還在那裡打獵。我看見那白色圍兜在屋頂上等我。那是我的貓。看見她的身影所有恨意全消。那樣生生不息的詩意是一種失誤。是一種盲目。是活得不耐煩。是放慢了腳印。放慢了吃飯。放慢地游著。

身為成年人。沒有固定收入身為野鬼是令人不安的。每

天早上送小孩去上學時看見走在路上的上班族。奔走中的上班族。心裡都會感到罪惡。把寫作、創作作為自己認為的工作。是一件比什麼都奢侈的事。把顧小孩當成半個藉口。這種生活老實說是不安的。雖然我每天一樣早早起床。省掉通勤時間。和上班族沒兩樣地開始做「我的事」。中午午休一小時。之後又繼續。四點下班。我做的事沒有辦法算出、時薪、日薪、月薪。可能要很長的時間才會產出一個作品。同時間我進行好幾個自己的計畫。一切都是自主的。沒有人管。沒有人要求。一切建立在創作動機。一切都和錢無關。身為成年人能夠這樣任性地活著是憑什麼我不是沒有想過。成為別人眼中不去上班的廢物。不會賺錢的廢物。又或許這種想法又不太負責任吧。但因為我是野鬼。嘴硬。腳硬。命硬。攔不住的硬。日夜不停的硬。

最終我沒有成為畫家

　　我第一次搭飛機是十八歲那年來台灣。自那以後我搭了數不清的飛機。這無數的班機。目的地和起程地永遠都一樣的。我沒有別的旅行欲望。光是這樣的來來去去。已經耗盡夠多的心力體力了。

　　那是我第一次搭飛機降落的時間。傍晚所有燈都亮起的地景。那是我第一次在機上用餐的時間。窗外刺眼的光線照在飛機餐上。

　　那第一個晚上是在那裡過的都忘記了。那是像旅行團一樣的團體之夜。跟一群人集體行動時我不會記得太多事。那時候身上帶了一把錢。拖著一個巨大的醜陋的廉價軟行李箱。那時候我就是一個土包子。自己繫了兩條辮子。每個週六有一台廂形車來。內線人才知道的。想打工的人就坐上去。司機會開始分送。一個小時一百五十塊。在路邊舉房地

產的廣告牌。可我始終沒舉到。我被分派到的是在西門町的房產示範屋。當然那時我什麼都不知道。他們叫我發傳單。什麼樣的傳單我一點印象也沒有。後來嫌我穿的不好看。他們弄來了幾件和服。和幾位台灣工讀生一起我們穿了和服。拿了幾顆汽球。在西門町派傳單。

台灣人化妝化得很美。我臉上什麼都沒有。有時候她們會想幫我化妝。我死黨有來看我。還幫我們拍了照片。說可以寄回去給家人看。照片洗出來了。是我們和路邊的捐血寶寶充氣人合照的。我也沒寄。

每個週日我不用再坐上那台廂形車。我直接搭公車到西門町。那是我在台灣第一份的工讀。一份誤打誤撞得來的工讀。週六晚上得在台北過一夜。一開始我找台大的學姐。學姐把她的床給我睡。她自己通宵在玩電腦。我後來又找了另一位學姐。那棟宿舍較新。每樓層有交誼廳。有公共浴廁。我睡在那裡比較自在。反正晚睡早起。我後來連學姐都不用麻煩了。我自己像住宿生一樣走進去。只要跟著其他人一起進去就好。我安穩地睡了無數次。沒有人管我。沒有人多看我一眼。

我早就穿過和服了。那沒什麼了不起。那時西門町人很

多。又是假日。發傳單實在是一點難度都沒有的。有一次。我遇到了高中同學。她命好不用工讀。讀的又是牙醫。雖然我知道她不太喜歡幫人看牙。她喜歡畫畫。我假日都在打工。她悠閒地在星巴克喝咖啡看書。開始體會台灣人的生活。

遇見她令我瞬間失落。明明是同一班的人，到台灣就變兩個世界的人了。那些一起工讀的台灣人我也搞不清楚她們是大學生還是誰。她們很自然就玩在一起對我也不太有興趣。有位正職女人看著我說，妳讓我想起我在美國的女兒。美國！又是好命人。那一天他們辦了在路邊的拍賣活動。我們好像要在後面跳熱舞。反正我就比比動作。別的工讀生笑我，都亂跳。其實我真的不知該怎麼跳。

這份短暫的工讀是怎麼結束的我也忘了。反正那究竟也是短期工讀。很多很多年後。我遇見某男。他說他在西門町投資了一間套房。我心裡一驚，那時間約是我工讀那時，他可能是看房的其中一人。

我在台灣撐了超過一年多才回家。我穿了一雙在西門町買的。尖頭紅鞋。全身都很怪。我大姐一家人來接我。說我怎穿那麼奇怪的鞋子。幾年後我在我二姐家住一陣。她常

說，你怎穿那麼奇怪的衣服。不對稱的。有次我在照片裡看了自己。驚覺怎把自己搞得那麼醜還自以為是。大四時出門前在鏡子前猛換衣服。連室友都說。你怎麼了？我好好穿衣了。遇見我的人總要稱讚。這裙真好看、這衣真好看、這鞋真好看！

那時候我的死黨不知從哪搞來的和台灣男人聯誼的門路，老拉我去。我記得就是跟一位中年男人逛夜市。聊些無聊的話題。連他的身高外形我全忘了。我那死黨好像真的藉此撈到了上班男人。好像每週末都出去約會。因此她熟台灣比我快。早上她帶我去吃永和豆漿，點蛋餅。說和我們那裡的印度煎餅很像。那台灣的辣油簡直不能吃。我那死黨老在神神秘秘地講電話。好像在那一年吧，她突然開口向我借錢。用途也是神神秘秘的。我借了。後來她拖了好久好久沒還。我們的友誼就破了。那時候我就感覺她注定會留在台灣。會變成台灣人。從一開始。她熟練台灣的速度就比大家都快。還握有一手打中文字飛快的方式。

我沒有再和那位牙醫高中同學會過面。我也沒有再和任何高中同學會面。越是熟練台灣。你就越遠離那些你原來認識的人。有次我遇到另一位高中同學，她穿得一身台灣人。

我好像沒法和她說話。她生了兩個孩子正無法分身地忙著。她俐落的身形和以前沒兩樣。只是變成了台灣人就是。我記得她邀過我參加她和台灣人的婚禮。不知道為什麼我沒去就是。當時她燙了頭髮。長長的蓬蓬的很有女人味。瘦瘦小小的身形很靈巧。

我自己呢，變得更奇怪了。我戴有色的眼鏡去上課。沒有人敢和我說話。我見人不會笑。不會打招呼。我可以整個月都不洗褲子。還向別人炫耀。每件衣服都沾到油畫顏料。我第一次畫油畫。試用不同的水彩紙。每天像畫家一樣畫畫。

最終我沒有成為畫家。我連畫家是什麼都不清楚。我生長的地方那麼小。我根本不懂藝術。沒有任何視野。只有傻傻的任性和直覺。像狗一樣被罵。台灣老師根本看都不看你一眼。我什麼都沒學到。一切都在圖書館翻英文書自學。有沒有成為什麼也不重要了。現在我可以來去自如。偶爾坐到同一時間的班機。坐到同一個位子。想起自己第一次來台灣的時間。

洗狗

　　我在洗東西時就變成了自己的母親。因為我母親一輩子都在洗東西。我感到自己流進排水孔裡。一次又一次被送出去。吹進我腦幹裡老家的風。一次比一次要更強一些。流過我手掌的水吃進我雙手我指甲。紫花開得又多又密。我被送去那幅十年前的畫裡。坐在那張椅子上等著命運的審問。等一下吧。我要飛回家了。等一下吧我快到了。我到了我到了。我到門口了。撲向那隻白色的狗。激情地抱在一起。渾身狗臭味。

　　我到了。我等下就去洗狗。把牠恢復人形。變得乾乾淨淨。換個身體來吃東西。換個身體在草地上曬太陽。老狗在吸太陽。等全身都吸滿太陽張開剔透的眼睛。我需要洗狗來進入母親的家。我想要一些暴曬在烈陽下的理由。我想要穿上狗的皮衣。我需要換件髒衣服來陪牠玩。在台北那裡，他

們只需要好看的那一面。我在老家，就換上空白的那一面。能更好地吸收太陽吸收藍天。

　　我在洗狗。在炎陽下洗狗。狗才不會冷。我是世界上最有空的人所以我在炎陽下洗狗。用力地搓洗她的毛。你要曬太陽才不會有皮膚病。我在炎陽下一遍又一遍地搓她的身體。狗安份地讓我洗。在艷陽下。我感到眼花。白光直直地射穿我們。狗，我只能幫你洗這幾次。我得回台灣。狗臭味傳遍我身體。沒有人喜歡這隻狗。洗完她又到沙地打滾。我在陰涼處看她。把她放到陽光烤爐下。我手心手背腳底濕的像她洗完澡濕濕的毛。

　　陽光起了頭。我騎上了那隻白狗。騎往公園。我們跑了一圈又一圈。她奔向我的模樣令人心疼。晚上，我想搬去和她一起睡。睡一個晚上。我想當她的媽媽一個晚上。狗被命運打成一隻狗。又白又髒的狗。夜裡閃電。樹枝吐芽。閃電打在狗的問題上。那些問題都焦黑了。我盲目地洗。慢慢地洗呀洗呀洗地洗著那些問題。

　　我到了。這是我的詩集。裡面有這一段。狗擦了我的嘴。把我放在門口。狗知道這是我的詩。我的笑。笑在明天。在狗的髒碗裡。狗知道我笨。在笨手笨腳。拿了一塊咬

過的麵包。掉在地上。這是洗狗時說的話。洗狗的藝術。一做再做的藝術。洗完了那罐藥水。留了一把狗梳子。等一下吧。我要飛回家了。等一下吧我快到了。我到了我到了。我到門口了。我變成一隻狗了。把我放在門口。放在我媽媽的手心上。我馬上去洗狗。沒有其它的事。只有洗狗。那鮮艷的花是有毒的不要碰。掃不完的是家。除不完的草在生根。

我們已經互不認識了。我明天要飛了。明天一早就去搭機場巴士。我在台灣還有兩隻貓。我不得不回去。我過年再回來。我湊近了狗的臉。短粗的毛扎在我臉上。狗的氣息熱熱的。隔著車窗我都感受得到。我不知道人可以假裝不認識狗。我不知道有人可以認為狗是一條鐵鏈。車窗一路走了。一路風景在變。狗的氣息一直都在。我把它收在我的鼻子裡。我還穿上了像她的毛那樣粗短扎人的毛衣。我想成為一隻狗看看。成為一隻狗掠過房子看看。

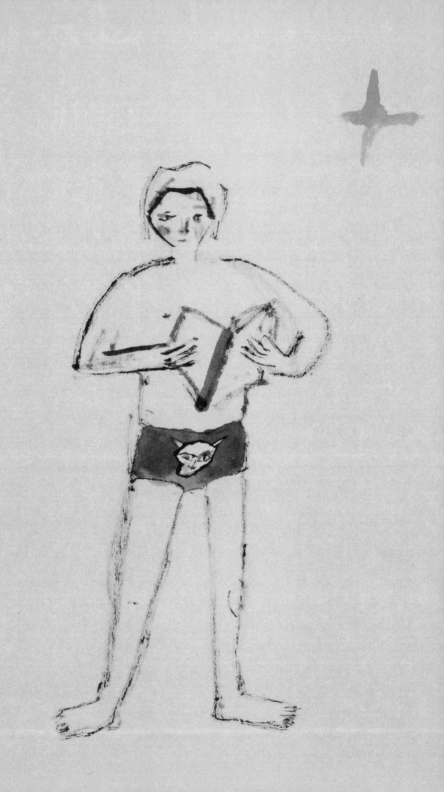

鳥腳野少年

　　我一直是少年。不是少女。我在山上露營。冷了蓋一條
紗籠*。我不怕鬼。我一個人走在不見五指的樹林裡。我一
個人睡一個帳篷。底下是隔了幾張報紙的土地。我沒注意
看星空。一不留意就撞上了樹。我不分辨星座。對星座沒興
趣。我蓄短髮。因為學校髮禁。我像少年一樣走在山裡。我
交男性朋友。把他們當同性。我身體和他們一樣精瘦。我們
都瘦。我們的能量都耗在草地上。在太陽裡。我們一起練
跑。穿的都是寬鬆的汗衫。我沒有女性特徵。洗澡盥洗吃飯
飛快。走路飛快。唯一的裙子是校裙。校裙有三件。不太長
也不太短。沒有女性特徵。平常騎摩托車。我媽媽買給我的
摩托車。

---

*　紗籠：salung——馬來傳統筒狀圍裙。

野少年一早就醒了。沖了冷水澡。一點也不冷。穿過那濕淋淋的汗水。所有的山都在抱著母親。野少年爬著爬著。爬進一件粉紅色棉被。爬進男人的外套。爬過兩座山。露過無數的營。跟無數男性睡過。裹上紗籠被子睡去。野少年又黑又瘦。身材細長。像一根竹子。腳如鳥腳。眼睛不大。五官不立體。在那些山路裡。野少年的小腿被野草亂割。一條一條的刺痛。新湧出的血馬上被汗水和河水洗過了。因為是少年，不會介意這些。一條條的血痕一下子就消失了。等七天後下山。鳥腳是戰利品。野少年的腳睡了一座森林。可以讓她到處炫耀。

　　晚上野少年躲在山泉邊在暗中洗澡。手握著一小塊借來的肥皂。有時在山頂上沒有水源。少年還是有辦法用一個保特瓶的水換洗隱形眼鏡。因為是少年，沒有想過爬山的意義。沒有想過那些風景。沒有想到要征服多少高度。只是一步一步地爬上去。只有一種模糊的苦。模糊的恐懼。少年隨便受傷。野花隨便夭折。山水洗著經血。迎來野生的魚群。少年沒有傷口。沒有黃昏。很多很多年後當我面對體力上的難關，野少年纖細飛快的步履就會浮現。替我睡過去。替我餓過去。替我把寒夜蓋上一張薄紗籠。

野少年在山裡喜歡走在最前面。這樣不會有落後的焦慮。沒有走不動的時候。因為沒有退路。在山裡不需要什麼想法。因為身體被用光了。從早到晚地走。還得爬坡。還得渡河。身體一點一點在山裡變小。鳥腳親眼看過了山。看過了太陽。因為常是唯一二的女生，野少年都睡在帳篷門口。沒有在意過誰睡身邊。少年的營火正在燒。橙黃的營火映出泥色的土地。泥色的少年。

　　野少年的瘦是理所當然的。瘦讓人失去女性特徵。黑也讓人失去女性特徵。野少年和男生做的是一樣的事情。露營前先去砍竹。學校附近就有野樹林。得花一個早上。帶巴冷刀去砍。一人砍一根。砍竹有方法。砍完用麻繩拉出竹叢，還得拉出樹林。先放在路邊。再幾根一起扛回學校。竹子用來製成營具。有時會有好玩的想法。做成擔架床。做成木箋。野少年的遊戲不是真的遊戲。那是團體生活裡的紀律與塑形。

　　野少年在練田徑。在熱身。在槍聲響前冷靜。野少年穿的是不合身的大夾克。還沒穿過貼身的衣服。赤著腳走到起跑點。少年們都打赤腳賽跑。在學校操場。野外太陽。一堆不明所以的教育。不由自主的少年。一路熱身。一路跑下

去。衝刺。散熱。裹上大夾克。所有的路線都是自己一個人的。在大操場上人都是渺小的。在山裡也都是。每塊石頭都比人大。一千塊石頭。一千塊憤怒。都是用鳥腳劃出來的。用鳥腳砍出來的。

　　到台北後大山爬出了野少年的身體。野少年的大山再也無可取代。野少年的身體一去不返。這裡的山是冷的。人也是冷的。空氣也是冷的。野少年沒有任何對山的常識。對山的觀察。少年只是站在那裡。感受山。只是在山裡一直走不停走。走到日落。少年在外面生火。在做野外烹飪。我的搭檔在設計營火。在搭瞭望台。我們在做無數團隊的活。離家人很遠。我們大聲唸著效忠國家的誓言。大聲地服從學校。服從布條。服從營火。那營火烘烤的肉身。落在身上的鉸鏈。讓少年的船沒有目的。對人生沒有問題。我對命令感到熟悉。對速度效率感到熟悉。野少年的肉體套在我身上。牢牢地套著。固執地不讓我牽。野少年的大山一點一滴地變成我懷裡那隻奇醜無比的貓。我一再緊緊地抱她。感到泥味的熟悉。感到野生的熟悉。

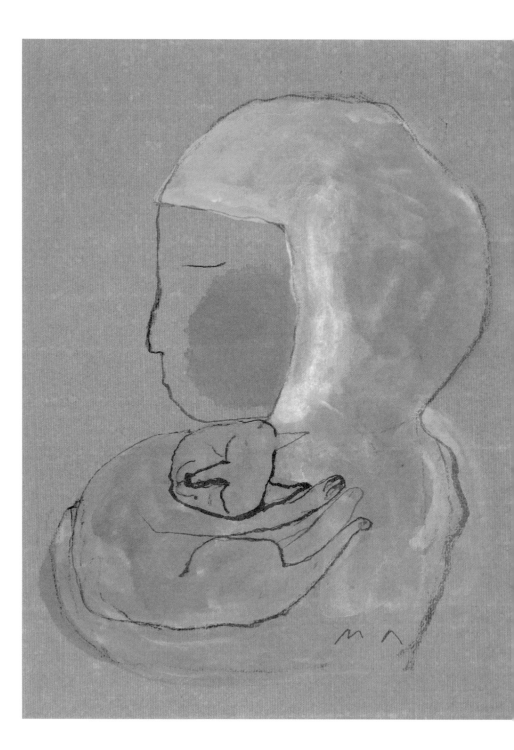

我帶一隻貓去看醫生

你玩過捉迷藏嗎
躲好了
讓神找到你

死後。盛傳的那條河。那獨木舟。會把你的名字載走。一根一根毛會起飛。你變小的眼睛在準備睡覺。雙腳已經沒有重量。那些傷勢已經長出尾巴。會自己游走。

我是多事的人類。挖出坑洞的人類。把自己寫得那麼乾淨。還要放一把火消滅你。打碎了眼鏡。

你乘上海拔。陽光是否已經曬到你。從這裡趕到那裡。你自己抱著睡。自己決定。在紙上畫了三千米。沒有繩子。沒有人。我畫了針劑。畫了幾乎全黑的天。畫了十點鐘。畫了回程。畫下神給的這道題。勒住了我。卡在我眼窩裡。黏

在我挖墳的手上。

我赴了一場婚禮。也赴了一場葬禮。喧鬧滾滾的婚禮。舉目無人、放眼無人的葬禮。

孩子說你會變小。變小。然後再生出來。雨水會浸透你的滿月。圓滿你的身體。這是一種安慰。一種藥。也是折斷。我沒準備好這件事。永遠都辦法準備的事。你身患頑疾。我現在摘選出來的記憶是混亂的。我從沒有要假裝自己是好人。我哭了三天後開始誦經。期滿四十九天後你要來找我。

我摸了你。摸下去是一場死亡。我的貓很多。沒想到我身上有一把致命的獵槍。我撞上的道德。撞上你的墓。我雙眼裡面是空的。這件事讓裡面徹底清空。裡面是廢紙。到處都是廢紙。這樣下去每一包都是廢紙。死亡亦如是。你身上這間房子。沒有管子。沒有漏水。無聲的吻。無聲的疼惜。無聲的走。在我餘生投下了大石。

你跳入我眼睛，就出不來了。那樣的臉，那樣的耳朵。像鉛那樣灌入我的手。打斷上帝的合唱。鳥的鳴叫。你一身貧弱的皮毛。少了毛的綠意。弱小的模樣。我叫你跟我來。爬出洞。移到另一個安樂窩。你不逃走。你進去了。放心地

走進去了。脫下你的腳。你的耳朵。你的尾巴。脫下你的祈禱。和解。

那樣的死，那樣的死穿上了日期。穿上了一截一截的硬殼。我把你推向安樂死。從自己的腦袋，噴出看不見的毒液。

我誤拉了你的手。把你讓給了另一個世界。那個人類自以為美好的世界。所以痛苦留在我背脊上。我所見健康之貓身上皆有你的殘影。耳朵、鼻子、四肢末梢、尾巴。我看自己的雙手，也疊上了你的瘤、窟窿、血肉。那些傷勢的位置我都記得。

箱子不深，我埋得也不深。雙眼卻浸泡在深深的陰溝裡不見天日。

你的墓是在真正的天上。我把你舉到的天上。我想高舉你的模樣讓全人類看見。讓神看見。讓神看見你被驅趕。被厭惡脫水直到死前一天。

你在那裡，進入寸草不生的晨光。先死去吧。死在世界的羊水裡。這是神降的險峰。神懸下來要人落入的深井。神降的地震。倖存者注定不安。注定要承接那洪水。淚的洪水。淚的吼叫。被丟石頭。你的模樣傳來悲鳴在我看見你的

早上。在我耳朵裡骨頭裡一直嗡嗡作響。無聲卻入木三分的呻吟。你的皮、你的骨、你的耳朵、鼻子、四肢末梢、尾巴、瘤、窟窿、疙瘩、血肉。

我簡化成一個孩子。執意要去找你。想知道你好不好。針尖落下的是大雪。你睡了。我步履跟蹌。每走幾步要停下來拭淚。我摸了你。我隔著箱子抱你。我抱的不再是一隻貓。是我剩下的身體。是我的餘生。被你轟然雷鳴的餘生。餘生一節一節的都是你的身影。你一節一節地被神拔掉的毛。撕下的皮。一節一節被人類砍傷。

我眼裡是那個早上，人類結實魁梧地吃飯。驅趕你蔑視你的模樣。那個時候我好像成了你，在桌子下乞討。從那之後，我看人類吃飯的嘴臉中依稀有你的芒刺。那是我一時想不起來。原來說不出口的東西。

我是這樣記住了你的身體。用我的餘生記住你。那天我洗了三次澡，每一次都淚流滿面。我帶一隻貓去看醫生。你不是我的貓，也不是別人的貓。死後有人替你蓋上被子，為你模糊雙眼。我知道你不會在意這些。我看你吃飽後的樣子。昏昏欲睡的模樣。就想讓你在那樣的安穩中睡去。我怕你醒來又多一隻潰爛的腳趾。或許你不會在意這些。或許你

還不想變成葬禮。

　　初次瞥見你身影時我已是觸目驚心。所有的人都在閃避你。人類是容易恐慌的動物。是最有殺傷力的動物。我手上捧著的是遍體鱗傷的貓。從此以後我再也不敢和神抵抗。因為從那之後我吻我的貓的時候也吻到了你的瘤。髒水消不去。病毒的蓓蕾還在頑強起舞。你安然的走嗎？你的土堆是我無知的手埋的。在無數的路上我哭了。哭得眼腫。我急切地想問你。你原諒我嗎。我被這件事切了一半。我靜靜叫喊。哪裡可以借到鋤頭？鏟子？借到那支把我自己的道德寫死的筆？

　　你沒有粉紅色的肉墊。是沒有皮通紅的肉。是被劈開的粉紅色。你不停揮走吸附在上面的蒼蠅小蟲。這場病的刀刃又深又狠。我還天真地以為醫生可以溫柔地幫你清洗乾淨。那些惡瘤可以被棉布消毒擦掉。我還幻想你可以恢復成毛髮濃密。至少那樣不會人人喊打。那個時候我哭是因為你復原的希望渺茫。也為那高傳染性而恐懼。那個時候驟然落下的巨石瞬間撞上我。還有醫生說的安樂死這三個字。令我雙眼模糊。你的死落進我懷裡。

　　埋了你後，我不知什麼時候弄傷了自己。手掌上有一個

椎心的痛。那個傷口剛好刺進我的生命線。我從那裡看見生命線的樣子。看見你那失衡的外形。從耳尖到尾巴無一完膚的破碎線條。從那以後，我對泥土感到恐懼。對傷口感到恐懼。你身上的寶石已經交給我了。你的光亮已經壓在我身上。細細的。尖尖的。這是新的一天。在太陽下山之前。在我又要以淚洗臉之前。回來的時候我感到自己面目全非。我身上的硫黃味。消毒味。從紙上傳來。不斷地排出你的模樣。你的樣子不會在死後消失。就在我手掌上。我合掌的時候就輕輕地抱住了你。

斜陽照在土上。摺成精準的方形。我伸手去摸那塊玻璃。沒有人問起你。狗吠不絕。牠們在喊你的遺體。我看著我插手出來的問題。撿我切下來的生命。沒想到那根針是刺入了我。我搬了一張床給你。也搬了一張棺材給你。我包好自己的淚眼。包住人類習慣的可愛與美好。但我的眼睛宰了你。被牢牢扣住。把你送走了。

泥土把你裝扮成神。落入大雨。泥土把你的容顏留下。變成我惡夢的強盜。泥土把你變成我折磨自己的回聲。腐爛的回聲。

你上去。雙手雙腳已全新。這件新衣對你剛好。不用再

指望人類愛你。你被土壤的病毒咬打無數。濕尾巴。不再銳利。嘶啞的哀叫乞食。那麼久了。你要不要睡了。你的飢腸已經消失。牽你。落下來的手。牽你。掉下來的尾巴。但是我要贖罪。抬著一個擔架。等我追上你。我吊了一張床上去。人們一塊肉一塊肉地吃。看著你鼻上的潰瘍一塊肉一塊肉地吃。你身上的。指尖僅存的溫度已經消失。願你跑著。願你跑著。身上有了嶄新的毛。濃密溫暖地包裹著你。

先到遠方去。先鑽過這扇門。此生的傷口太難。車輪去了那裡。去了心臟。我抱到你。我吞到的刺。你的傷口。還有你的傷口。我深深吸過的貓味。四點。還有兩個小時。時間是一碗貓糧。我變成了你。變成了你的時間。你的臉。變成我的肖像。字像傷口那樣黏在那裡。你的力道。你生命走過的力道。惡果讓我來。你好走。穿過我的手好走。

那些是人類教我的。乾淨的鼻子。嘴巴。要隔絕病菌。從天上來的。從貓的肚子來的。從人的子宮來的。病菌。騎上去。爬上去神給的黑暗。像它們扯下你的肉一樣。風灌入你的傷口。人類從你傷口走出來。那坑上盛滿我的浮木。只有我自己才知道的無力招架。我自己被擊潰的號角。我陷入你的傷口。透明的藥劑。落入一個數字。從此以後我搬了

家。我飛不過高山。你墓的高山。我自己脫落。自己離隊。這張椅子。使勁地搖了起來。猛烈地搖晃。

這裡沒有一個字是你的真相。我們是被屠殺養大的。我感到沒有一個做法是對的。沒有一個是憑空長出的。每一個都緊扣一個。緊扯一個。當你單薄的耳朵被病毒築出高低不平的巢。被一針劃破的輪胎。消氣。導致意外。你臉上有了人臉。我騎上了自己的陰天。自己的霧霾。四十九天散不去。為這傷口注入了三千字。掛上了帷幕。裝上拖車。

這是一堂課。損壞你顏面的課。破壞生命秩序的課。那是相機。是人類的雙目失明。那是獸醫。是人類的刀子。在你耳朵裡開了槍。遮住了你的雙眼。你眼中的顏色從我手裡冒出來。擴散出去。在我身體裡轉動。藥在裡面。擠破了血管。那是人為自己蓋好的房子。蓋好的棉被。人為自己塞滿的嘴巴。塞滿的乾淨。人為自己。擦上的光亮與香味。

那是你進去的地方。在天的門口。在腐肉門口。人在裡面吃飯。時間在一格一格誦經。在那裡面。你縮成人眼睛。腐肉溢出你的鞋子。溢出人的眼睛。撫摸是一種善意。也是一種干擾。人的假髮假臉綁架你。看你的毒菌生長。我和那塊腐肉結婚。污損了人的婚戒。感染了人的自以為是。

這四隻腳。四條輪子。劃出來的傷口。抓著你的腳上路。因為天黑了。因為人的恐懼。因為對抗著醜。因為病的氣味。貓已經死了。非常瘦。不要看牠。在這個現場。完全沒有人。看不出顏色的貓毛。細瘦無力的貓毛。外面是人們的日常。玻璃碎片的刺耳。你再也不需要誰了。這些都撲進我的淋浴。我的鏡子。我洗手洗臉洗了很多次。還是洗不去。我弄出你的名字。天黑了。那裡寫的是字嗎？我眼裡的硝煙已經把我吞沒。

　　我厭惡這裡的舉目無親。所有人都在華麗幸福的船上。所有人都在急急忙忙賺錢吃飯。我脫下送葬的衣服。大家都在開口都在忙碌。大家都在做善事去老人院去醫院噓寒問暖。他們都在作戰。唯有我是閒晃過頭。弄貓弄狗。弄了一身蟻。

　　我帶一隻貓去看醫生。挖得全身都是沙。像沒人要的野狗。

　　我帶一隻貓去看醫生。餘暉已經在幫牠擦背。

　　我帶一隻貓去看醫生。不會去打擾你。

　　沒有泥土會找到你。泥土裡沒人住。沒有狗會找到你。

　　籠子被燒掉了。

那隻貓。被藥借走了。剪出樣子。住在裡面。被包好了。被注射好了。被雨水穿過了。不會乾。

這成千上萬的早上。成千上萬的貓。薄薄的雨。注定打在人身上。

地上的是靈魂。地下的也是靈魂。都一樣深刻。都一樣在路上。

我抱在懷裡的永遠是一隻貓。不是人類的箱子。

幫你拿一條大河。拿一雙好耳朵。好尾巴。

腳排好了。鞋子也排好了。

集好你的拖鞋。嘴巴。

眼睛。要走了。

你已經在羊水裡。我自己開始回答。

那裡很濕。但你不會滑倒。在你身後。河岸綠蔭。有淺灘。上面有球。你上岸去。

換一件新的毛衣。

穿上新衣你會開心的。跟所有買衣服的人類一樣。人總是在意自己穿什麼樣的衣服。

我的美術系少年

　　我讀師大美術系的時候，班上沒有一位台灣同學和我說話。四年下來，一句話也沒說過的同學很多。就算十年過去。這班同學都比便利店店員更令人陌生。三十餘歲時，班上最優秀的同學突然過世。唯一一位會和我說話的台灣人問我要不要去告別式。是同學一場沒錯。可我和她沒說過話。我沒去。死去的人應該也不會要我去。她不會在乎少我一個人的。我死的時候也不希望這班同學的出席。

　　我運氣不好。沒能遇到好老師。那四年，只有上課地點。沒有老師。像是今天素描課要去地下室畫石膏像。今天去郵局外寫生。今天去台大寫生。今天在五樓。人體寫生課教室就那兩間。同學分兩組。那幫男生霸著那位美麗豐滿的模特兒。其他人就在隔壁。畫的是身體已經快失去曲線的老女人。她的臉蛋還是漂亮。但所有肉體的光彩已經褪去。

連老師都在年輕模特兒那間教室。我也想去畫年輕模特。那是所有人都會想看的。因為那一看就知道這種美不多得。我看過的模特兒算多。因為我很愛畫人體。我從來不錯過人體課。還付錢去外面畫。我很慶幸自己是女生所以能夠毫無欲望單純地欣賞這種美。我感到敬意。感到肉體的光亮。

　　某年學姐們辦了僑生聯展。就是系上所有僑生。也許十餘位每人出幾件作品就好。學姐取了「角落」畫展這個名字。這名字很沒氣勢。也反映所有人在這裡的處境。你們怎可以在那裡展？這是我聽到班上同學說的話。我想系上老師沒有人進去看。系上老師沒有人對僑生有興趣。「角落」並沒有留下什麼。因為在那樣的環境我們都失去了創作的能力。我畫了很多人體速寫。很多的風景。在宿舍後面樓梯間畫。偷拿了一個系上的畫架。因為我床位就在門打開的最壞床位。弄了一塊布。還是沒有其它床位好。我好想在最裡面的那兩床。但那些早早就被學姐們佔了。樓梯間也好。打掃阿姨也不會罵。

　　系上畫賣最多最紅那位老師其實我也不討厭他的作品。還買了他的畫冊。有時也拿畫請他看。我放在走廊上。油畫就靠在牆上。老師不會蹲下來看。他還用腳「指」畫。但那

種時候你不會想到這些事。只會很有禮貌地道謝。每年期末大掃除時我們幾位僑生都會去撿畫布。那些被遺棄的畫壞的。我們會把畫布割下來拆掉。再自己繃上新的（重複使用了畫布內框）。也許會省一些錢。也許那時也沒有精確地算過。好像那種潛意識的窮又作祟。我很清楚我們不是為了環保資源再利用的想法。因為只有我們幾位所謂落後國家的僑生會去撿畫布。從來也沒有台灣人主動把他們不要的畫布給我們。他們就是留在教室裡。等工友清掉。

　　我的創作力是無處發洩的。也不知道要怎樣發表。畫展也沒有帶來任何機會。學校附近高級的咖啡店簡餐店很多。很多店家也願意讓美術系展。但去的人就是吃飯。沒有任何一個人注意到牆上的畫。我在不同的店家展過兩次。除了自己和朋友要付錢去吃飯（也沒有打折），完全什麼都沒有。我就是做油畫的搬運工。只能用走路搬來搬去。一堆人在留言本裡寫：我喜歡你的作品。你作品很棒。對我一點實質用處都沒有。這些路人的稱讚有什麼用呢？我後來再也不會在咖啡店展畫。也不再放留言本。我只標價錢。

　　畢業那年我實在受夠了搬家搬那些畫布。我想把有框的都送走。我問了一位教育系老師。他算是上課有內容的。他

選了一張有石膏像的靜物。因為石膏像是哲學家他特別有
感。當然，那些畫我都畫了很久。但也談不上捨不得。我的
作品太多了沒有捨不得的。我把那裱了銀框的油畫搬到他的
研究室。幫他掛上去。就在他座位後方。他說他同事也想要
油畫。我又搬了一張去。他們都沒有讓我感到誠意。多年後
我看到我先生的同事跟美工科同學要了一張畫。給了他三千
塊裱框錢。我突然想起了這件事。才突然感到憤怒。

　　我有很多被垃圾一樣處理掉的畫。是在它們的命運中消
失的。我大意處理自己的作品。有時我會想起它們。在命運
中有太多時候顧不了那麼多。自己的畫到底是什麼。我不留
戀物質。甚至討厭。所以才會丟了很多。這世界上被丟掉變
垃圾的畫很多。它們不會寂寞。

　　油畫是一種不切實際的媒材。只有學生和專職畫家會
畫。顏料畫材都不算比其它媒材貴。但空間最貴。油畫需要
的空間最多。油畫的臭油味需要通風良好的空間。不然你找
死。油畫慢乾。它一天一天地揮發臭氣。我丟過兩次油畫顏
料。有過幾次想重拾油畫的激動。我看到有工作室的人會嫉
妒得眼紅。我後來在牆上貼了很多拍賣圖錄上切下來的圖。
因為拍賣圖錄在二手書店很便宜。而且印得比過去看的所有

藝術類書籍都好。我需要想像自己有一天會畫。會自己做畫布。做真正的麻布。那種畫布畫起來質感就是很好。我需要這種想像。就僅止想像也好。

我如果在那個時候懂抽象畫就好了。就不會活得那麼抑悶。什麼也不懂只會埋頭畫的少年是無用的。那只是一場空的夢。沒有人看得出來那是什麼的。如果我那個時候懂詩也好。

也許我不說話的下場就是畫了很多畫。但這些畫沒有想法也沒有激情。那只是一個人面對一個陌生環境的方式。沒有人注意到我。也沒有人喜歡我的畫。一張畫能賣多少錢。水彩、油畫、版畫、速寫價錢都不一樣。我沒有想過這些。那些是我後來去畫廊上班才懂的。全班同學都在畫一百號的畫。他們沒有問題。他們是社會的菁英。畫什麼都沒有問題。

我只有三個朋友。同鄉同學菱。我們幾乎形影不離。緬甸華僑晧。他是名符其實的僑生。父親是緬甸華橋學校校長。在台灣也有家。他是同志。以及另一位怪咖台灣女同學青。三位都是邊陲人。同志家境很好。但他從來沒有看不起我們。他喝星巴克咖啡。有一次買一送一。他帶了一杯給

我。我生平第一次喝星巴克。很冷的時候我會抱怨。他說穿一件小毛衣就好了。我不知道什麼是小毛衣。他喜歡借用我的身體當衣架。我就給他用。穿他做的衣服。讓他拍照。我們好像在玩遊戲一樣。他畢業後用那些拍我的照片去了倫敦。再也再也沒有聯絡過。

那四年遇到過喜歡我的人就只是要借用外形。其他再也沒有。同性間也沒有太大熱情。我和菱在一起就是我們上什麼課都在一起。因為我們都沒有朋友。就是這樣而已。她後來找到了教會也拋棄了我。她從來沒叫我去教會就是。她後來也回去了。回去不久母親過世。我見過她漂亮的母親。漂亮的妹妹們。我們都算長得不錯。但沒有人喜歡我們。我們的作品可能也不錯。但沒有人稱讚過。我們還一起參加過系上的啦啦隊。跳過那種很幼稚的舞。那時候,在那很多次的練習之中。我們沒有交到任何一個台灣朋友。也都還是我們兩個。很多年後,我走在師大附近都會想起她。我要是遇見任何同班同學,就是裝作沒看見。

山學姐跟我住過一陣。我們分租一間雅房。我躲在房東附的衣櫃後面。架我從系上偷來的畫架。她在另一角。我們都畫油畫。那時也都抽菸。但菸很貴。她用的也是切過的舊

畫框。我的第一塊畫布。小小的。是她送我的。是她換過自己繃的。她比我好一些。她有台灣朋友。去過台灣人的家。跟朋友聊天的樣子也比較開心。她打的工也跟我們不太一樣。她上畫室教小朋友。我們都打餐廳工。後來我們有一起在二手書店排班過一陣子。她的朋友會來買很多書。我們都會用員工價幫他們算錢。

　　她後來回國。我的朋友都回了國。因為在台灣找不到工作。她的工作似乎沒有很順利。還和盲人談了戀愛。後來她發現得了乳癌。那個時候我們去看過她幾次。最後一次她已走了。她的母親叫我們拿走她的東西。她母親什麼都不要留下。那個時候我沒有對任何人付出情感。對於她的死我也沒有太多感觸。但人走了所有作品就瞬間變成垃圾。她的母親跟我母親一樣不會懂這些。沒有主人捍衛的畫就變成垃圾。她生病後還畫了一些。跟我一樣是創作量豐沛的。死亡教會我丟棄作品。我們都無名。沒有弄出過什麼。不過就畫了一些畫而已。她死後，畫還是處於停滯的狀態。我記得我們共住時她在畫一張手斷掉的裸女。她說。某老師看，只說，手，掉下來。再沒有任何話。這群名校教授從來沒有說過任何有用的話。沒有建議。沒有參考。沒有幫助。只有空洞。

連一個路人都不如。

　　我們跟自己的母親或家人都不親。生病成了尷尬的狀態。她有一陣子也都還逃離在外。寄宿在教會友人的家。回到家時似乎也是很末期了。已經無法顧慮太多。教會朋友一直在幫她打氣。美術系朋友或男朋友什麼都做不了。我們沒有看到任何手稿。我害怕我留下的手稿。留下的隻字。缺了會想看你文字、想看你畫的人。死後一切就銷毀。被銷毀。

　　我們只能平靜和死亡對決。輸了一切。我從山學姐的書架上拿走了一本《夢外之悲》。這中間十年過去了。我還收藏著自己的一些畫。努力把該丟的丟掉。但我也想念那些去向不明的畫。還有掛在教授們牆上的畫。

發表紀錄

- 我的美術系少年（原刊登於自由時報）（《九歌 107 年散文選》）
- 我在台北病了（原刊登於自由時報）
- 我公公進醫院了（原刊登於自由時報）（《九歌 109 年散文選》）
- 我媽媽的時間（原刊登於自由時報）
- 我媽媽病了（部份文字刊登於字花，後擴寫成此文）
- 我現在是野鳥（原刊登於中國時報）
- 鳥腳野少年（原刊登於聯合報）
- 因為我是野鬼（原刊登於聯合報）
- 作家的一天（原刊登於聯合報）
- 洗狗（原刊登於聯合文學）
- 我帶一隻貓去看醫生（2019 花踪文學獎散文組入圍）

後記：

寫好文章
不需要
好運氣[*]

---

[*] 原文：我堅信自己的厄運與生俱來、無可補救，特別是財運和桃花運，命裡沒有便是無。但我不在乎，因為寫好文章不需要好運氣。我對榮譽、金錢、衰老一概不感興趣，我篤信自己會年紀輕輕地死在街頭。
——頁337，《活著為了講述》，加西亞·馬爾克斯，李靜譯，南海出版。

今天適合寫這本書的後記。中午出版社傳來獲出版補助消息。我剛被浪貓抓傷，準備去藥局買抗生素吃。心想我不能就這樣死了。我多想坐下來好好打篇文章。有至少三個月，我沒有寫作。筆記本寫得亂七八糟，從來沒累積這麼多還沒整理。有些好像詩的東西。這是學雷蒙卡佛的：寫點詩，表示創作的火還沒熄滅。可生活就是人要先填飽肚子，讓自己有像樣的生活，「寫自己的東西」是其次的。

　　二〇一八年中，我第一次投散文給台灣報紙（之前只投過詩），就是《我的美術系少年》。那是我無意從電腦翻出來的。想不起是什麼時候寫的。報紙給了我生平最大的版面，還用了我一張圖。（若沒記錯）我獲得稿酬七千元（不過後來稿費越來越少）。那是我寫短散的開始。兩年內我不停輪投三大報。成為我固定的遊戲。這些就是「寫自己的東西」，沒有人叫我寫的。有人可能是獲得創作補助支持，我沒有，沒有補助我也是照寫。我自己想要寫。這就是誰都擋不了的事。

　　這兩年來，我一邊寫短散，也試過寫一本叫《我的假婚姻》的小說。它的屍體見於本書。我拿掉了虛構的部

份，還原成散文（約莫是輯二），語言風格更跳躍。還有一部實驗性的長篇「巨作」，叫《多年後我憶起台北》（後來決定另獨立成冊）。

這幾年，發生了什麼事，我就想寫成一篇東西。像我去了狗收容所、我媽媽來台北、我公公過世等等，「事件」總是一再發生，總是寫不完的東西，隨筆、散文、專欄（我的讀書筆記），還沒畫的繪本、畫。生活、閱讀就給了夠多的靈感。**生活**（弄小孩、打掃、講課零工、浪貓義工等等）加上我總是睡很多就佔去了一天一半以上，生活是那麼龐大，大到我每天洗完澡坐在地上吹頭髮感受我把家裡弄乾淨把自己弄乾淨就是一種活著。就是沒有死去。

我很少寫我的少年回憶，或是寫南洋。好像下意識想遠遠撇清那些膠林、馬共、野象的馬華意象。不過說真的我也寫不了，窮我記憶所及，沒有那些東西。我和膠林擦身而過，模模糊糊地我撿過一些橡膠種子。但記憶已經高速離去。我沒能抓到它。

寫散文是我最自由的狀態。好像是本能的。自從三本散文書出生後，我轉向短散。原因很實際，這字數比較好

投稿。也不會一直寫同一主題，想寫什麼都可以。因此，這是一本有不同題材的「散文集」，集結的時間也是我所有作品裡最長的。這本合集對我也是意義非凡，第一它是我首次的短散合集；其二我嘗試了更多文字風格；其三是它不幸（對出版社而言）又成了一本內頁有圖的書。

二〇一九尾，我重拾畫筆。不是畫繪本，而是像個畫家一樣畫單幅單幅的畫。這對我簡直是激動萬分、奢侈至極的事。美術系畢業後從來沒有閒空閒情畫過這種。我曾經非常厭恨美術系間接也恨了台灣。那之後十年，我常用恨這個字。但最近用得少了。是和我很久才見面的人說的。她記得很清楚，我以前用的是「恨」。

這麼多年來，我不時會想想「美術系」的「用處」。先撇開學校老師沒教東西、我沒從學校學到東西這事。後來教別人創作首要事，就是：不要指望學校。只有我這種笨蛋才會完全指望學校吧。

最近我比較可以和別人說，「我是美術系的」（意思是我是學美術的），直到畢業這麼多年後，我自學、找到的東西已經超過那四年的美術系、兩年的美術所。我慢慢慢慢才篤定這件事。

「學美術的」意味什麼？「學美術的」和「語言敏感度」有什麼關係？我沒有答案。我是憑直覺去學美術。也憑直覺去寫作。這兩者都會，缺點是沒法好好用一萬個小時專注。可我也不管了，多一樣，多一項收入。我三頭六臂在做各式各樣和文字、圖像相關的任務。另一個實際的好處是，可以讓眼球輪休、也讓左右腦互相激活。打電腦累了可以做些手作。

　　我懷疑「學美術的」的能力就是「自己很會找事做」、「永遠不會無聊」的能力（不過又發現這好像也和學什麼不盡相關）。不過說真的，直到我隔二十年，當我偶爾不顧一切，像畫家那樣畫畫時，我才釋懷了自己學美術這種無聊的科系這件事。或者說，能夠像畫家那樣潛心在作畫，甚至是一件比寫作更幸運的事。對於不是家裡有錢的人而言，那簡直是天大的奢侈。傳統的認知是畫家是靠畫畫維生的，不過我現在也不管了。對畫畫保有熱情的人就是畫家吧（又多少作家是能夠靠寫作為生呢？）。你的作品能讓人感到特別就是畫家吧。有自己的風格持續在畫就是畫家吧。說不定以畫畫為生的人還不一定是真正的畫家。一直要用錢逼問所有事的話也太累了。

這幾年我不真的抱怨家庭或什麼。因為我有一隻全世界最棒的貓阿美。有那樣的貓不用抱怨。神沒有給我很好的人類伴侶，但給了這隻貓。別人看不出來她給我的動力究竟有多大。我也難以想像只是一隻貓安靜的存在，怎會給我那樣無窮無盡的力量。

　　「你生什麼病，為什麼躺在這張床上？」有次我開倒在床上的時候我兒子問我。

　　我沒病。有人會認為想寫作畫畫是一種病。總覺得中了這種病的人很可憐。不過其實你根本沒空去想這件事，你要中了就中了，也由不得你。不過也有一說法是人生就是一場病，我們最後不都死了。寫作畫畫反而是一種藥了。

　　我自己對創作有個期許，就是永遠當個邊緣者、業餘者，因為這種邊緣、業餘，我永遠可以自由地創作。哪一天你不自由了，你被讀者綁架、被市場綁架、被光環綁架，那你寫出來的東西就不真了。我會「真」下去，我沒得選擇。

2021 年 5 月 9 日

國家圖書館出版品預行編目（CIP）資料

我的美術系少年 / 馬尼尼為著 / 繪 . -- 初版 . --
　　新北市 : 斑馬線出版社 , 2021.08
　　面；　公分

　　ISBN 978-986-06863-0-2（平裝）

868.755　　　　　　　　　　　　110011800

我的美術系少年

作　　者：馬尼尼為
總 編 輯：施榮華
封面及內頁插圖：馬尼尼為

發 行 人：張仰賢
社　　長：許　赫
出 版 者：斑馬線文庫有限公司
法律顧問：林仟雯律師

斑馬線文庫
通訊地址：234 新北市永和區民光街 20 巷 7 號 1 樓
連絡電話：0922542983
出版補助：國｜藝｜會
　　　　　NCAF

製版印刷：龍虎電腦排版股份有限公司
出版日期：2021 年 8 月
ISBN：978-986-06863-0-2
定　　價：380 元